U0118475

HEUNGSAILISM

向西聞記

向西村上春樹 著

目錄

向西聞記

向西聞記

自序

一眨眼，原來已經三年沒有出書。

這幾年來我沒有刻意寫慢了、寫少了，其實在網上我還是有不少的散文創作，但我純粹因為個人意願，希望統一一點，只把小說故事結集成書，結果我卻花了兩三年，才輯錄成一本新的小說集。

出道六年來，我問心，自己沒有受到外界的影響，我依然是自成一格，寫著很多人都接受不了，卻同時間又有很多人看得很享受的文章。可能有人嫌我太口賤，可能又有人就是喜歡我寫得夠色情，其實我沒有太在意，只要我一日有信心，我一日還是會以自己的風格探射香港人的都市故事，屬於你和我身邊的情節。

最後，就是向久等了的大家再說聲抱歉。

向西村上春樹

"

香港地
第二最好做的工種
是呃 X 人錢的行業

而最好做的工種
就是呃 X 人錢
而不犯法的行業

"

向西聞記

碌架床

向西聞記

碌架床老友

「好耐無見喇黃家謙！上次你結婚，我幫你做完兄弟，咁耐到而家都未見過面！係呢？結婚嗰日啲兄弟相呢？冇見你Post過上網嘅？」

黃家謙呷了一口熱檸茶，放下茶杯，用鐵羹輕輕篤了篤攪杯中的檸檬。

「呢排屋企有事煩緊，無乜心情搞呢啲嘢住。」黃家謙帶點呆滯地望著茶杯，神情似乎有點迷茫。

見著眉頭深鎖的黃家謙，張洛文唯有慰問起來：「係關於啲咩喋？」

「關於黃家全。」

「吓？關於你阿哥？」

「係，你都知啦，由細到大，我同阿哥都無乜朋友，咁啱你同我哋兩兄弟熟，所以先諗到搵你傾，同埋想搵你幫個忙……」

「係咪關於錢？你哋想借錢？」

黃家謙定神望著張洛文，這個從小學到現在結識了廿年的老友，鼻樑高且直，雙眼深邃有神。他體形雖不高，卻非常健壯，皮膚有點黝黑，感覺正氣。

　　黃家謙的朋友不多，但張洛文卻是完美人選。

　　張洛文見黃家謙呆若木雞，於是再問道：「你想我點幫你？」

　　黃家謙眨眨眼，回過神來，「我唔係想問你借錢，其實件事仲難開口過問人借錢⋯⋯」

碌架床同床

　　兩年前，黃家謙跟太太 Julia 結婚後，Julia 便搬進了黃家謙的家中同住。但他們的跟很多新婚夫婦不同，他們過的並不是二人世界，而是六人世界。

　　那個三百八十呎、兩房一廳的蝸居，住了黃家謙的老父、老媽、阿哥和阿嫂，加上黃家謙自己和 Julia，一共六個成年人。

　　在睡房內，黃家謙跟 Julia 睡的是下格碌架床。而黃家全跟太太曉君，佔用的是上格碌架床。每個晚上，他們兩對夫婦，共同佔用這個只有一百二十呎的空間。

　　吱吱吱吱……吱吱吱吱……

　　每個星期總有一、兩晚，在半夜的時間，黃家謙跟 Julia 在入睡前，總會聽到這些頻繁而有規律的吱吱聲，那些因為上層床架搖動而發出的雜聲。有時震得厲害，碌架床旁邊的牆身，還會震得跌下一些剝落的批盪。至於這個時間上層床架為何會震動，這當然不言而喻，黃家謙早就習慣了兄長和阿嫂的性生活時鐘。

　　他們的過程似乎總是相當斯文和細力，因為避免細佬家

謙聽得太清楚的緣故，阿嫂曉君會抑壓著自己的呻吟聲。除了吱吱聲，家謙幾乎聽不到甚麼聲音。

而這種「沉默的性生活」，已是他們四人之間的共識，Julia搬進了黃家後，Julia在下格床，不情願下，也慢慢學懂如何抑壓著自己的叫聲。

新婚後不久，有一晚入睡前，家謙聽著樓上的吱吱聲，突然聽得心血來潮，在被窩裡一個翻身，壓著Julia，家謙自作聰明，打算趁著阿哥忙著跟阿嫂埋頭苦幹的時候，自己便可以在下層比平常更加放肆地對待Julia。

Julia也相當配合，舒爽地以雙腿夾著家謙相互推動。那些「吱吱」聲，今次上下層加疊起來，變得雙倍響亮，雙倍明快，彷彿是交響樂團式的四重奏。

家謙突然忘形了，他比平常更猛力推進，習慣了抑壓著呻吟聲的Julia，被家謙猛烈碰擊下，本身輕聲的急喘，也忍不住變成了幾下高聲的叫浪：「啊……啊……啊！」

家謙和Julia已進入忘我境界，直至察覺到上層的嬉笑聲，才知道阿哥和阿嫂已一早完事，原來他們一直偷聽著自

己和 Julia 的忘我狀態。

「哈哈哈，佢哋咁大聲都有嘅。」黃家全嘰笑道。

「哈哈哈，係囉，拆樓咩！」那是阿嫂在被窩說話的聲音。

「我頭先同你一路做，一路聽住弟婦叫，好似唔係咁好，哈哈哈。」

「死佬，我唔准你聽，下次你要掩住隻耳呀！」

　　Julia 當然聽到他們的對話，她氣得推開了家謙。家謙那個晚上沒有完事，他躺在床上，向天呆望著距離自己只有兩呎的上層床板，他睡不著，他知道明天也不會好過。

　　翌日，Julia 早上比家謙更早上班，Julia 沒有跟家謙道別，便出了門。

　　到家謙上班時，家謙在街上收到了 Julia 的電話。

「噚晚你阿哥同阿嫂咁樣講嘢，真係好過份囉！」

「佢哋都係講下笑啫，你都知我阿哥把口係咁㗎啦。」

「結咗婚要同你屋企人住我都算，但要四個人一間房，我真係忍唔到囉！」Julia 愈說愈激動，家謙聽得出她在電話的另一頭已嗚咽了起上來。

但家謙還是無語，他也不知道怎樣安慰。

Julia 哭著說：「你有無諗過你阿哥同阿嫂其實係想趕走我哋呀？」

「想趕走咁又點？總之我哋就唔會走！」家謙說得堅決。

家謙其實沒有選擇餘地，他和 Julia 的收入加上來只有二萬多元，公屋不合資格，居屋亦如六合彩般難抽，私樓更加沒有首期。

就算真的儲夠首期，畀家用後，供樓也非常吃力。租樓是最勉強的選擇，但這會令到自己每月花多近一萬元。

而最重要的是，如果現在放棄了跟家人一起住，等於白白送了間房給阿哥。如若他日要搬回家中，只會難上加難，

日後萬一阿爸阿媽不健在的話，阿哥隨時更會將整間屋據為己有。

搬與不搬，這個問題，太複雜。這是牽涉兩代人，三家人的問題。家謙還是選擇一動不如一靜。

從那天開始，Julia 還是住在家謙家中。但晚上如果要進行房事，Julia 只准家謙在半夜零晨三時，待阿哥阿嫂完全入睡後，才偷偷地進行。

家謙無可奈何下，每次打算晚上和 Julia 做愛，他都需要調較好電話的鬧鐘設定，然後半夜震機震醒自己，半夢半醒時起來，和太太 Julia 做愛。

連扑嘢都要較鬧鐘，家謙也知道這是很荒謬的事情。

但最令家謙難受的是，他差不多已有一年沒有聽過 Julia 的呻吟聲了。以前 Julia 在下格床，都只是壓低聲浪，在被窩裡，家謙還是會聽到她微弱的叫聲和嬌喘。但是，自從被阿哥識破的那個晚上開始，Julia 在整個過程中，無論如何也不發一聲。莫說是呻吟聲，就連呼吸聲也幾乎聽不見，Julia 的沉默是沒有半點生氣，那可說是死寂。

記得有一次，家謙在抽插途中，竟然悶得睡著了，而且還做了個惡夢，夢中他在摸黑盜墓，在山墳中掘了一具女屍出來姦屍。

碌架床急屎

　　在茶餐廳裡聽著黃家謙不斷訴苦，張洛文有點不知所措。因為張洛文知道自己不是安慰人的材料，而且黃家謙與太太的性生活，那麼私人的問題，外人更加難幫手解決。

「你阿哥會唔會搬出去呀？」張洛文問道。

「唔會啦，佢比我更加恨要呢間房，佢同阿嫂更加無能力搬出去。」

「唉，點解你同阿哥乜都要爭㗎？記唔記得以前我同你哋一齊踢校隊嗰陣，明明守龍咁 X 悶，你哋兩兄弟都要爭做正選龍門！」

「梗係記得，中四嗰年，有場熱身賽，校隊教練分配咗我阿哥守上半場，我守下半場，你嗰陣就踢正選中堅，我嗰次捉住你，叫你不如專登唔小心，好唔覺意咁俾對面隊扭過，專登俾人哋單刀，等守龍嘅我發揮一下出色嘅出迎技術俾教練睇！點知原來阿哥一早同你講咗同一番說話，上下半場你足足專登俾人單刀咗六次！」

「哦！嗰次吖嘛！你哋兩個最後一球都唔撲到，輸六比零嗰次吖嘛！唉，咪係囉，你哋真係乜九都爭一餐！咁你哋而家

成家人有無面阻阻呀？阿爸阿媽點睇呀？」

「無錯，阿爸先係重點……」

「你阿爸好固執㗎喎，唉，我都唔知可以點幫你。」

「你聽我講埋先，我仲未講到你可以點幫我……」黃家謙繼續道出事件的來龍去脈。

　　相比起經常口沒遮攔的阿嫂，黃家謙相信父母是喜愛溫文爾雅的 Julia 多一點。但 Julia 有個為人垢病的地方是，她每次沖涼至少沖一個鐘，而且一日沖兩次，朝早一次，晚上一次。一同生活了一年多，但黃家一家上下還是不習慣 Julia 長時間使用浴室。

「你老婆係咪暈咗呀喺廁所？」

「水費好貴㗎！」

　　幾乎每次 Julia 使用浴室時，黃家謙的爸媽總會在客廳你一句我一句地揶揄 Julia。

而本身跟黃家謙不和的阿哥和阿嫂當然不會例外，說話更加難聽：「唉呀，使唔使又沖咁耐呀，乜西都洗乾淨啦。」阿嫂不耐煩地說。

「佢日頭返咩工㗎？會搞到自己好污糟㗎咩？」黃家全嘰笑道。

儘管說話難入耳，但黃家謙亦知道 Julia 的確不爭氣，如果全家六個人也像 Julia 般沖涼，那麼廁所一日便會被霸佔十二個小時，所以黃家謙亦不敢反駁。

。。。。。

九個月前的一個傍晚，洗澡中的 Julia 成為了導火線。

那天是週六，只剩下黃父跟 Julia 在家中。Julia 入浴室洗澡，準備外出跟已經完成加班工作的黃家謙晚膳，而那天下午黃父不知道吃了甚麼不潔的東西，突然感到腹脹不適，他抱著開始由隱隱作痛演變成劇痛的肚子到廁所門前時，才發覺 Julia 已在入面享受長時間沐浴之中。

「快啲呀，我好急呀！」黃父在門外大叫。

「唔得喇！頂唔順喇！」他邊叫邊大力拍門。

　　黃父知道 Julia 在廁所內幾乎聽不到任何東西，而且要她短時間走出來，那個想法更是不設實際。

　　黃父的肚子內，是一場傾盆大雨後的山洪爆發。他夾實兩邊屎忽，青根暴現地用盡六十五歲人畢生的力氣去阻止一發不可收拾的決堤。

　　但奈何大洪水已經迫在眉睫，在絕望之際，黃父靈機一動，跑回客廳，打開了份報紙，快速地攤開在地上，然後鬆開褲頭，蹲在客廳上徹底地大解放。

　　就在那一刻，最差的情況出現了，黃父拉屎拉得如火如荼之際，家中的大門竟然打開了。

　　開門的是阿嫂，更壞的事情是，她的身後，更有三位女性友人。眾女人瞪眼看見一個阿伯半裸下身蹲在客廳中央，加上一篤熱呼呼的爛屎，當然嚇得嘩嘩大叫。

「嘩……老爺你做乜喺廳屙屎呀！？」阿嫂問的時候，震驚得口也震了。

「個廁所有人用緊呀！做乜咁多人嚟呀？你哋走呀！」黃父揮動著廁紙，示意阿嫂離開。

「我今晚帶人嚟打牌吖嘛，我問准咗奶奶㗎⋯⋯」阿嫂不知所措地解釋。

　　面對此情此景，阿嫂唯有尷尬地帶幾個朋友急忙離去，否則難道站在門外等老爺拉完屎再收拾好嗎？

　　半小時過後，Julia 才傻頭傻腦地邊用毛巾抹頭邊從浴室走出來。她在客廳索了一索鼻子，發覺好像聞到些異味，也看見了坐在沙發上的老爺，不知怎的好像很嚴厲的斜視著自己。但老爺的臉平常也相當嚴肅，所以她沒有多加理會，還是一臉無知地，慢慢在房間換了衫便離開家中。

　　三小時過後，Julia 跟黃家謙一同回家。當黃家謙打開家門，發覺黃父、黃母、阿哥、阿嫂，全身總動員已坐在客廳的飯枱上。電視機沒有開著，全屋靜寂，氣氛有異，黃家謙似乎已知大事不妙。

　　門未關上，他們二人已聽到黃家全的呼喝：「Julia！你知唔知你今日又霸住個廁所，仲搞到阿爸瀨屎？」

Julia 跟黃家謙四目交投，感到莫名奇妙，一臉茫然。

「唉呀，都話唔係瀨屎咯，係屙屎啫！」黃父尷尬地解釋，然後長嘆一聲。

平常少出聲的黃母，也忍不住加一句：「Julia 你又係嘅，都同你講咗好多次㗎啦，唔好洗咁耐吖嘛。」

「老爺頭先喺度屙屎呀，就喺你企緊呢個位呀，我同啲 Friend 一打開門，就見到佢好似隻狗咁周圍屙呀！你知唔知我幾無面呀！？」阿嫂面目猙獰，一邊指手劃腳一邊口沫橫飛。

「唉，阿爸你做乜要喺廳屙呀？」黃家謙問。

「我太急，趕唔切出街屙！」

「咁都唔使喺廳屙啩！？」

「呢度我屋企！我鍾意喺邊度屙就邊度屙！」

黃家謙見阿爸激動起來，也不想再刺激阿爸，他故作平和地道：「咁你哋都知我哋屋企多人，係要包容下㗎啦，阿

Julia 下次唔會㗎喇⋯⋯」黃家謙說時還試圖偏幫 Julia。

「係囉，明知屋企咁多人，仲唔搬走？」家全突然站起來，對著家謙說。

「講嚟講去，都係想我走，嫌我同老婆 Share 你間房啫！」

「喂！我同我老婆住咗先㗎喎，你識做嘅，就唔會結咗婚都迫埋入嚟一齊住啦！」

「間屋唔係你㗎！係阿爸㗎！乜有分先後㗎咩！？」家謙愈說愈激動，雙手緊握著拳頭，Julia 也被這情景嚇得拉實家謙的手臂。

「你哋兩個咪嘈！」黃父怒拍了一下枱，兩兄弟都不敢出半句聲。

「你哋兩隻嘢，呢年一係計都唔傾，一係就家嘈屋閉！你哋兩個都無鬼用，錢又搵唔多，搬又搬唔到出去！講咗好多次，我同你阿媽都係想湊孫嘅，你哋兩個就咁耐都生唔到個出嚟！」

「你哋而家邊個最快生到個孫出嚟嘅，就邊個有得留低！另一個就同老婆搬出去！」

家謙和家全，二人聽到家父的命令後，也無言了，二人以既無奈又敵視的眼神盯著對方。

家謙當然知道下一步應該怎樣做，他只是覺得最不應該開枝散葉的家庭，往往有個最想開枝散葉的長輩。

碌架床補身

　　張洛文愈聽愈覺得這個故事相當精彩，聽得眉飛色舞，也忘記了家謙有求於他。他很渴望知道事情的進展，忍不住問道：「咁你真係諗住生呀？呢件事九個月前嚟喇喎？咁你老婆點呀？大咗肚未呀？」

「你聽我講埋先，差唔多講完㗎喇……」家謙的神色，完全是愈說愈沉重的樣子。

○ ○ ○ ○ ○

　　那個晚上，兩兄弟當沒有事情發生過一樣，跟兩位太太如常在那狹迫的碌架床上各自各進睡。但從那晚開始，床上的吱吱吱聲，沒有一晚停止過。通常凌晨一點鐘左右，家全在上層拼搏；兩小時後，就輪到較好鬧鐘的家謙默默耕耘。兩兄弟，都為了趕對方離開這個房間而努力造人。

　　其後的每一個月，家謙經常懷著緊張的心情追問 Julia 的驗孕結果。

「點呀？今次有未呀？」

　　在廁所裡行出來的 Julia，望望手上的驗孕棒答：「仲未

有呀……」

　　時光飛快，四個月已經過去，家謙又再一次嚷著要 Julia 驗孕。

「點呀？今個月驗咗未呀？」

「早兩日嚟咗 M 啦，仲問！」

　　雖然 Julia 還未大肚，但不幸中的大幸是，家謙知道家全其實也未成事，因為碌架床上層的吱吱聲每晚似乎也未停止過。即是家全還在努力中，但家謙知道大肚的事刻不容緩。

　　於是他每天放工後，都會走到街市搜集能夠買到的壯陽補品：生蠔、韭菜、蓮子、當歸……這些當然少不免，他就連水魚、驢肉，甚至蛇子，即是蛇睪丸，也不放過。蛇子灼熟後，咬開會爆出濃烈的汁液，味道極腥，家謙形容其感覺慘過吞精，家謙每次吃也幾乎嘔吐大作，但他還是堅忍下去。

　　再過了三個月，每次催問 Julia 驗孕結果，依然是失望而回，這對夫婦，唯有求助於家計會。

家計會的醫生，建議他們作產前檢查，家謙需要驗血和驗精。

　　一個月後，結果出來了，醫生告訴他，他的精子絕大部份是一級精子。

「太好喇，一級應該能力好好，好生猛啦。」家謙聽到消息，心情雀躍。

「黃生，可能第一次見面嗰陣，我解釋完你已經唔記得咗，其實零級係最低級，三級先係最高級，你啲精子係一級，即係代表你啲精子活動能力差，只會喺原地蠕動。」醫生托了一托眼鏡，認真地說。

「咁即係點？」

「加上本身你啲精子數量同密度都唔高，簡單嚟講，你自然生育成功嘅機會唔係無，不過真係好低好低。」

　　那天家謙聽到這個壞消息，心情一片愁雲慘霧。

○ ○ ○ ○ ○

「件事就係咁，張洛文呀，所以我而家就係要搵你幫忙。」
家謙在茶餐廳內，凝視著卡座對面的張洛文。

「你即管開聲，我幫到嘅，都一定幫你。」

　　家謙一副誠懇哀求的模樣，跟張洛文說：「求下你，幫幫手，幫我搞大我老婆個肚！」

　　張洛文瞪大了眼，差不多把口中的檸茶噴了出來。

碌架床捷徑

「求下你,幫幫手,幫我搞大我老婆個肚!」

張洛文不敢相信自己的耳朵,「哈哈,搵啲咁嘅嘢嚟講笑,傻咗咩⋯⋯」他尷尬的笑道。

「唔係㗎,真係㗎,我想你搞大佢!」

旁邊附近的師奶茶客也靜寂了,忍不住偷聽這兩個男人發生了甚麼事情。

「你冷靜啲先,生唔到有好多解決方法㗎嘛!」

「我問過醫生㗎喇,佢嘅專業意見係,我可以排期喺公立醫院做人工受孕,價錢我係負擔到嘅,但排期要排一兩年。我等唔到喇!我唔可以俾阿哥快過我。」

「咁有私家醫院㗎喎,有無問過呀?」

「我都有問過,私家醫院要十幾萬,我邊有咁多錢,而且亦唔係一定成功。其實,我有諗過返深圳做,但價錢都唔平,而且一樣要排期,我已經問咗 Julia,佢死都唔肯返去做,佢覺得大陸唔穩陣。」

張洛文沉靜了，他也覺得似乎無計可施。

「雖然無晒計，但你無理由搵我搞你老婆㗎嘛！」

張洛文激動起來，不小心說話大聲了，一直在附近偷聽著的師奶，終於忍不住竊笑。

「但我搞你老婆喎，你忍到咩？」

「戴綠帽總好過無地方住！況且呢頂綠帽我自己批准咗！」

「間爛鬼房真係咁緊要咩？」

「我唔霸住間房，如果我老豆死鬼咗，我阿哥就連間屋都霸埋㗎喇。」

「唉，如果，假如，假設，我真係幫你搞大咗你老婆，生埋個仔，但個仔同你哋黃家無血源關係，為咗間屋咁樣做，咁你會唔會好不孝呀？」

「孝順有乜用？孝順有獎拎呀？啲新聞頭條成日寫，話嗰啲孝子咩跳樓死又車禍亡。你幾時見過新聞有講不孝子慘死吖？」

張洛文沒他好氣，長嘆一聲：「唉，咁 Julia 點睇呀？唔通佢又肯無端端俾我搞咩？」

「好簡單喋咋，佢唔會知喋。」

萬萬想不到家謙的要求，竟然是叫自己偷偷幹他老婆，而且還以「好簡單」嚟形容。張洛文閉起雙眼，無助地雙手抱著自己的頭腦，但還是弄不清這是怎麼的一回事。

張洛文沒有即時答應，但家謙透過短訊和電話，苦苦哀求了張洛文幾天，終於打動了張洛文。

「咁我有啲咩要準備？」

「放鬆心情，今晚半夜過嚟唔好太過緊張就無人會發覺喋喇。」

家謙事先幫張洛文配了家中的門匙，並按原定計劃，吩咐張洛文半夜三時在家樓下準備，當收到家謙的訊息時，張洛文便自行開門入屋。

這個晚上，在樓下緊張地徘徊踱步的張洛文，收到家謙

的電話訊息:「OK,Ready。」

　　他懷著戰戰兢兢的心情上樓,打開門時,心跳加速的他,緊張得連門匙也跌了在地上,他狼狽地拾起門匙,再重新開門。

　　進入了漆黑一片的客廳之後,張洛文隱約看見了一個人影,那個人影當然是屬於黃家謙的。

「跟我入嚟啦。」那個人影對張洛文輕聲地說,然後張洛文被他推進房間。

　　如家謙所說,房間的窗簾密不透光,比起客廳更加黑,完全沒有光線。穿著涼鞋的張洛文要用腳尖向前掃,才估計到哪裡是床,哪裡是牆。

「OK喇,上床啦。」家謙以極低微的聲音在張洛文的耳邊說,指示他任務正式開始。

　　張洛文脫下了涼鞋,脫下了牛仔短褲,鑽進被窩,把半裸的身軀完全壓著 Julia。

家謙所言非虛，Julia 已習慣了半夜三點的機械式性生活。她有時清醒，有時睡著，但無論她有沒有打開眼，房間裡永遠也是一片黑暗，基本上被甚麼人幹著，Julia 也不會分得出來，而她也不會有任何反應。

在被窩裡，張洛文伸手脫下的 Julia 睡裙內的內褲，雖然心裡知道這個任務是神聖的，但心裡還是有點忐忑，他不知道自己應該懷著甚麼心情，應該以「唔好意思，打擾晒」，還是「我唔客氣喇」的態度去應付這件事情呢？

他的下體愈接近 Julia，他的腦就愈胡思亂想……

他突然想起兩年前，幫家謙做伴郎時的場景，家謙接新娘時對著老婆說的山盟海誓，仍歷歷在目，但如今自己竟準備幹著人家的老婆。

愈想就愈難逃過良心的責備，他唯有閉上眼集中起來，幻想被窩裡的軀體是家中的老婆，並不是家謙的老婆。

明明自己的老婆隨時可以給自己幹，而現在卻於人家的老婆身上幻想自己的老婆，張洛文也覺得這是很諷刺的事。

張洛文開始有些反應，開始醞釀到進迫的情緒。但問題來了，Julia 不止沒有反應，而且非常乾涸，根本進入不了。家謙說她像死屍，但張洛文覺得她簡直是條乾屍。

　　就在此時，張洛文的下體突然有些濕淋淋的感覺，而且好像有些東西有郁動著，他的手往下摸，竟然摸到了另一隻手！那隻手是家謙的手，原來他一直坐在床邊，他有此一著，因為知道張洛文進入不了，於是竟親手為他們塗上潤滑劑。自然生育來說，他雖然無能為力，但這樣做，也叫做盡了一點綿力。

　　進行的過程之中，摸到一雙粗獷的男人手，當然不是味兒，但總好過乾巴巴的硬闖。張洛文終於在半軟半硬的狀態下溜了入去。

　　張洛文開始對著這個陌生的軀體推撞，一下又一下，他從未做過如此欠缺感情的活塞運動。他無情的郁動著，但旁邊的黃家謙卻觸景傷情，張洛文每一下的推撞，碌架床每一次發出的吱吱聲，彷彿是自己的良心向著自己激烈的控訴。

　　吱吱啪啪吱吱……

「點解自己咁廢買唔起樓？」

啪啪吱吱啪啪啪……

「點解連出去租樓嘅錢都唔捨得？」

吱吱啪啪吱吱……

「點解為咗間爛鬼房，自己可以去到咁盡？」

　　已經沒有在意過程進行了多久，那些啪啪吱吱聲，對黃家謙來說，簡直就是過了一個世紀。床上的搖動終於停止的時候，家謙知道，張洛文已經一泄如注。家謙摸摸自己的面頰，原來自己已哭濕了一整塊臉。

　　完事了，張洛文靜靜的下床，在漆黑中穿回褲子，頭也不回地，默默離開了黃家謙的家。

　　黃家謙鑽進被窩中，但他未能睡，因為他還要拿著紙巾，為 Julia 清理那些慢慢流出來，但不屬於自己的精液。那種感覺當然難受，他邊抹邊又偷偷地哭了，還差一點就拿著佈滿別人精液的紙巾抹自己的眼淚。

「嘞晚真係唔該晒……」黃家謙翌日打電話給張洛文。

「唔、唔使客氣……都叫做搞掂咗。」張洛文也覺得自己說起「唔使客氣」四字的時候感覺奇怪。

「我之前講過，我計晒安全期，嘞晚搞嘅話，搞掂嘅機會係大，但最好就連續搞幾晚……」

黃家謙話音未完，已被張洛文打斷說話：「唔好喇啩！一次夠㗎喇，我真係幫唔到咁多次，我唯有祝你好運！」

黃家謙也知道不可能迫張洛文了，唯有聽天由命。

一個月後，Julia 驗孕的時間又到，黃家謙既期待又緊張，他倚著廁所門等 Julia 出來。

十分鐘後，Julia 終於開門出來，Julia 凝望著黃家謙，淚水雖在眼框裡打轉，但嘴巴卻笑瞇瞇地微笑起來，她亮出一枝出現了兩條深紅色對照線的驗孕棒。黃家謙知道 Julia 終於驗孕了，他感動得抱緊 Julia 相擁而哭。

「終於有咗你嘅 BB 喇……真係好好彩，仲以為以後都唔會

有！」

「唔⋯⋯辛苦晒你。」

這天黃家謙興奮地預約了醫院的產前檢查，更和 Julia 到商場先看定嬰兒用品，雖然是第一天知道老婆懷孕，但兩口子已非常期待新生命的來臨。

在商場閒逛的時候，黃家謙在傢俬店中，更看中了一張雙人床，他知道阿哥終於可以搬走了，很快就是拆下那碌架床的時候。

這個晚上，黃家謙已決定在晚飯時間宣布這個喜訊，同時向阿哥發佈勝利宣言。

平常這一家六口，因為兩兄弟長期冷戰，吃飯都甚為安靜，但黃家謙這個晚上扒了兩啖飯，便放下飯碗，便雀躍地笑著向大家道：「我有事宣布！」

眾人都停下了咀嚼，認真地聽著黃家謙有甚麼話要說。

「其實我想講，Julia 有咗 BB 喇！」黃家謙說的時候，眼角

向家全瞧了一下。

家全卻淡定的扒著飯，竟未有理會家謙。

只有黃母大喜搶著道：「咁就太好咯，兩兄弟都有小朋友咯，我同阿爸一抱就抱兩個孫咯！」

「咩兩個孫呀！？」黃家謙震驚，以為自己聽錯。

「你阿嫂都有咗喇，乜你阿哥未講咩？」黃母反問。

在旁的黃家全冷冷的笑道：「哈哈，其實我都係早一排知啫，未得閒講。」

「咁即係點！？」家謙失去理智，望著黃父，不知所惜，「咁即係點？間房點算呀？」

黃父一時語塞，未及反應，家全便自行替父道：「阿爸咪講咗囉，邊個快生到邊個留低嘛，你搬定出去都得㗎喇。」

的確，如果阿哥大約一個多月前已知道阿嫂大肚，他們的胎兒便很有機會比自己的早出世。願賭服輸的話，自己和

Julia便一定要搬出去。但是，距離胎兒出世還有八、九個月的時間，這個世界變數很大，自己還未輸定。

「我未搬走住㗎！而家你個小朋友出咗世喇咩？未吖嘛？阿嫂年紀都唔細，我點知佢陀唔陀得穩個細路㗎？」

「你咁講咩意思呀！？」黃家全拿著筷子大力拍枱。

「咁又唔使咁激動，我講事實啫，咁我未輸嘛，如果我真係輸咗，我會搬走㗎喎。」黃家謙說得冷靜，但內心當然憂心重重，他知道Julia也一定非常失望。

翌日趁收工未回到家之時，Julia在街上跟黃家謙說：「有無後悔咁快生BB呀？我哋都無乜經濟能力，而家好快仲要搬出去……」

「傻豬嚟嘅，個BB我哋㗎嘛，遲早都會生㗎啦，唔會後悔㗎喎。」說的時候，家謙用盡意志，強忍著淚水。

不後悔就假了，如果不是為了間房，家謙根本不會生育，更不會找一個朋友來幹自己的老婆，生下一個不屬於自己的小朋友。現在連這個小朋友也慢了一步，名副其實的輸在起

跑線上。

　　但黃家謙不認輸，他捉緊 Julia 的手，再道：「我哋未輸！
我會諗辦法。」

向西聞記

J1
碌架床 ○ A5
捷徑

碌架床搶閘

七個月已經過去，家謙和 Julia 去過數次的婚前檢查，他知道 Julia 和阿嫂懷的都是男胎。不同的是，醫生也確定了 Julia 的預產期比起阿嫂足足遲了一個半月。

家謙在家看著 Julia 和阿嫂的肚一天比一天大，阿嫂這段期間沒有爬上碌架床了，而是獨個兒睡在客廳。

那個晚上，半夜一片靜寂，家謙在睡夢中感到尿急難忍，於是起床出房上廁所。他經過昏暗的客廳時，看見了熟睡的阿嫂在沙發上，她手中本來抱著的一個攬枕，但她熟睡時鬆開了手，攬枕跌了在地上。

家謙盯著地上的攬枕，突然生起邪念。他膽顫地環顧四周，感到兩間房裡面還是一片寂寥，沒有甚麼動靜，便走近阿嫂多兩步，然後蹲下拾起那個攬枕。

當他一近望阿嫂的肚子，騰起的殺意便覆水難收，他撲向阿嫂，用力把攬枕捂著阿嫂的臉。她用力掙扎起來，但還是推不開家謙，而且也發不出任何聲音，家謙見她反抗，只好把攬枕壓得更緊，很快阿嫂的手也軟下來，終於窒息了。

望著阿嫂的屍體，家謙竟有一絲喜悅，他打算若無其事

走回房之際，卻聽到了嬰兒的哭叫聲。

　　他擰轉身，竟看見一個血淋淋的嬰兒，自行從阿嫂的屍體裙底爬了出來。他在沙發上一邊爬，一邊慢慢抬起了頭，以猙獰的眼神盯著家謙道：「我出世點都出得快過你個仔！」

「啊！！！」家謙在睡夢中驚醒，嚇得跳了起來，頭頂猛力撞到上層碌架床的床底。

「做乜呀？」Julia 在旁也嚇醒了，摸摸自己的肚子坐起來。

「無事無事，發惡夢啫。」家謙掀了掀上衣，發覺整個身體也冒了冷汗，剛才的惡夢令自己的心跳還在高速起伏著。

　　的確，家謙自己無時無刻，都有阿嫂肚子突然出現某種問題而導致流產的想法，難怪自己會發這種惡夢。但現實裡頭，他當然沒有膽量親身做出這種惡行，就連偷偷下毒藥這種想法，突然在腦海裡一閃而過的時候，也足以令自己打冷震。

　　還有不到一星期，阿嫂的預產期即將來臨。至於 Julia 的肚，當然沒有甚麼動靜，在最近的一次產前檢查當中，醫

生也告訴 Julia 肚裡的胎兒應該十分健康。

家謙問醫生：「如果我哋剖腹產子，係咪可以揀 BB 出世日期？我哋係咪可以盡快生？」

醫生感到疑惑：「咁你哋想幾時？」

「愈快愈好！最好下星期！」

「下星期！？但係媽媽健康無問題，胎位又正常，個 BB 得三十三週大，無特別原因下，醫院唔會喺呢個情況下剖腹㗎喇。」

家謙和 Julia 聽完，也沒有再強求醫生，他們只好離開醫院。

家謙在醫院的門外停下了腳步，他拉著 Julia，沉重的道：「我唔想因為個小朋友出世遲咗少少，就無咗間房！」

「但都真係無乜方法……唔緊要啦，可能搬出去劏房都夠住呢？又唔使成日畀你屋企人話我霸住個廁所……」Julia 知道家謙不甘心，但唯有強顏歡笑。

「如果俾阿哥霸咗間房，就隨時無埋間屋，我同個小朋友都輸一世㗎喇！」

　　他望著腹大便便的 Julia，肚裡面的東西雖不是自己經手，但卻是源自自己的主意，更感無奈，更覺這是上天的玩笑。

　　反正都輸的話，為何還生小朋友，就算要生，何不排期到公立醫院或在大陸人工受孕？

　　家謙似乎也認了命，那個晚上，他在碌架床上，用手機在地產網中不斷搜尋劏房盤。但上天的玩笑是無止境的，第二朝一覺醒來，Julia 對他說，她的下體突然滲出血絲，也出現陣痛。

「快啲換衫，我同你即刻去醫院檢查！」家謙表面裝作緊張，但其實卻無比期待。

　　Julia 跟家謙再到醫院，檢查還未進行，她突然穿了羊水。醫生告訴他們，此情況唯有盡快按排緊急剖腹生產。

　　一直在旁陪伴的家謙，親耳聽到 Julia 肚裡的孩子可以

偷步出世，按捺不住興奮的心情：「好呀好呀！」

　　這個醫生從未見過有人面對妻子早產卻如此興奮，當然感到莫名其妙。他乾咳了幾聲，再補充：「咳咳……但係呢個情況，BB 未發育成熟，一出世好有機會要借助儀器維生。」

「唔緊要！出到世就好。」家謙笑說。

　　苦等了數小時，醫院才安排了傍晚時份替 Julia 緊急剖腹生產，而 Julia 最終也成功誕下一位僅重四磅的男嬰。

　　兒子出世的時候，Julia 麻醉藥藥力未過，還未清醒，便被醫生及姑娘直接送進嬰兒保溫箱。由於呼吸有困難，身體需插多條喉管連接呼吸機，體溫亦不穩，怕細菌感染，一出世就需打抗生素針。

　　家謙的父母也來到醫院探望 Julia 和自己的孫兒，看著自己第一個孫兒如此狀況，難免令人憂心，黃父黃母隔著嬰兒室的玻璃遠望，強忍著淚水。

　　站在一旁的家謙卻沒有被沉重的氣氛影響，輕鬆的道：「你睇下，阿仔真係叻，趕住出世！哈哈！」

黃母向旁瞧了一眼，也覺得家謙的笑容未免太不恰當而且太過詭異。

　　Julia 想不到自己需要等足七日七夜，待兒子情況穩定下來，才有機會親手抱起自己的兒子，等待期間在醫院已擔心得不知哭了多少遍。相反家謙卻悠然自得，趁著空檔，到了傢俬店訂了新的雙人床。

　　足足兩星期過去，Julia 和家謙的寶貝終於呼吸暢順，情況轉好，正式出院安心回家。

　　這個時候，剛好就到阿嫂入院，阿哥陪她入院之前，竟然已清空了他們二人在家的大部份物品，阿哥原來已有願賭服輸的準備。家謙知道，鬥爭終於完結。

　　雖然那張雙人床只是比碌架床闊半呎，房間中的角落更要添置多張嬰兒床，實際空間沒有怎樣增長過，但阿哥離開了，家謙終於擁有從未有過的私人空間。

碌架床分道

家謙一直對於兒子的名字沒有甚麼想法，而黃父則提議孫兒的名字取名黃子真，家謙跟 Julia 覺得名字順口好聽，一口同意了。但當家謙仔細想想的時候，才覺得黃子真這個名字很諷刺，因為他真的不是黃家的兒子。

子真一出生，皮膚已比自己黝黑，輪廓亦頗深。雖然很明顯地長得不像自己，但家謙安慰自己地覺得，他長得像張洛文不是壞事，起碼長大後英俊一點，而這也是他當初找張洛文的其中一個想法。總之，房間到手了，家謙才不會理會那麼多，子真為自己帶來幸運，家謙便將他視如己出。

沒有家嘈屋閉的日子，卻多了嬰兒哭聲笑聲，一家幾口過了大半年幸福而平凡的生活，阿哥何去何從，家謙毫無興趣知道。

「我約咗你阿哥飲茶，你去唔去？」黃母幾乎每個星期都問家謙，但都被家謙拒絕：「唔喇，費事啦。」家謙從未有興趣主動接觸家全。

不久之後的某一天，他們還是在黃家附近的商場，偶然碰個正著。家謙和 Julia 推著 BB 車，看著迎面以來，也是推著 BB 車的家全和阿嫂，家謙和 Julia 在這場合下沒有辦法對

他們不揪不睬，尷尬的打了個招呼：「阿哥阿嫂⋯⋯好耐無見喇！」

家全和阿嫂互望了一下，再勉強地笑了笑：「係呀，我哋好忙呀，阿媽都話你哋好忙⋯⋯」他們四人站在一旁裝作想寒暄一番，但實質上大家又的確不太關心大家。

阿嫂找不到話題時，便蹲在子真的 BB 車前，打算逗玩子真：「你哋個仔好得意喎！我哋嗰個唔喊嗰陣都好可愛㗎！唔係喎，原來你哋個仔同我哋嗰個都好似樣下喎！」

「我同阿哥兩兄弟嚟㗎嘛，個仔梗係生得似啦！哈哈⋯⋯」家謙說完也呆了一呆，因為子真正常來說不會跟阿哥阿嫂的兒子長得相似。

家謙好奇，也蹲了在他們的 BB 車前看看，但因為他們的 BB 車有蓋蓬，內裡有點昏暗，而且他們的小孩，穿了一件連帽衛衣蓋著頭，所以家謙其實也看得不太清楚他的樣子，於是只簡單說了句：「係喎，又好似幾似樣喎⋯⋯」然後便沒有再把此事放在心裡。

碌架床打和

　　翌日一早，家謙落樓出門上班。他經過轉角處，突然被有人從後拍了一下膊頭，他一轉身，赫然驚見對方竟是黃家全！黃家全一語不發，只是示意家謙跟他到旁邊的後巷。

　　家謙未見阿哥開口說話，只見他望著自己，嘴角微曲，奇怪地陰笑。

　　「阿哥，早晨喎……你喺度做咩？」家謙只好疑惑的問道。

　　「嘿嘿嘿……」黃家全奸笑起來，「噚日我一見到你個仔，就知佢唔係你個仔！」

　　黃家全突然口出狂言，不，那狂言其實是鐵一般的事實，家謙不知為何阿哥得悉真相，當堂感到晴天霹靂，口也震抖了：「咩呀……咩呀……你亂講咩呀阿哥，我個仔……唔係我個仔，咁係邊個個仔呀？」

　　「張洛文個仔嘛，我一睇就睇得出啦！」

　　「你亂講咩呀！關張洛文咩事呀！」

　　黃家全嘆了一口氣說，「唉，唔使兜㗎喇，我問咗張洛

文喇。」

家謙全身也顫抖了，他崩潰了，跪了在地上。

為甚麼阿哥會知道？為甚麼張洛文會不保守這個祕密？阿哥會告訴 Julia 嗎？Julia 萬一知道這事，會發生甚麼事情？

跪在地上的家謙邊胡思亂想，邊哭了出來。

「求下你！唔好同 Julia 講！」家謙拉著家全的牛仔褲，「求下你啦阿哥！」

家全凝視著家謙，苦笑了，然後又嘆了幾聲：「唉，我哋鬥到咁樣，為乜呢？不過細佬，你放心，我係唔會同 Julia 講嘅……」

家謙抬起頭，誠懇地聽著阿哥這番說話。

「我係唔會同 Julia 講嘅，因為……我個仔……其實都係張洛文生嘅。」

家謙腳步還是不穩，但錯愕得站了起來。

「我同你阿嫂嗰陣都係搞咗好耐都生唔到，所以走去睇醫生。醫生話我啲精子有問題，但嗰陣我真係好想要間房。因為趕住生，所以搵咗身邊最信得過嘅朋友──張洛文去幫手……叫佢偷偷地夜晚去我同阿嫂張床……最尾係成功咗，但我無諗到，你老婆都係差唔多時間有 BB，仲要早產埋，快我哋一步……」

家全頓了頓，然後繼續道：「都唔知係好彩定唔好彩，當我噚日見到你個 BB 同我個 BB 好似樣嗰陣，嗰一刻，我就知你都係用緊一模一樣嘅方法去生細路，我就知你同我生唔到仔都係遺傳！」

「咁……點解張洛文咁仆街要搞晒我哋兩個老婆！」家謙抹了抹面上的淚水，激動的問道。

「我同你搵得佢，就係貪佢夠義氣，鍾意佢唔識拒絕人囉。我噚晚打咗畀佢，佢話幫完我一次，已經好後悔，但你要求佢做嗰陣，佢又唔想剩係幫我一個，而唔幫你，跟住咪求其答應你一次囉，佢都無諗到兩次都咁勁畀佢搞掂晒……算啦，你而家打佢鬧佢都無用，唔通你想搞大件事，俾我哋啲老婆知道咩？」

家謙聽完，當然無言以對，他憶起張洛文兒時打假波，協助他們兩兄弟在球場上搏取表現，張洛文會這樣做，的確不是無跡可尋。

「嗱，細佬，我從來無諗住偷偷篤你出嚟㗎，因為一啲著數都無，如果我篤完你，然後你見到我個仔咁似你個仔，你可能都會諗到我個仔唔係我親生嘅，隨時篤返我轉頭。」

家謙放下心頭大石，他覺得阿哥說得很有道理，阿哥似乎也不想同歸於盡，不想拆散大家的家庭……但是，既然是這樣，那阿哥為何要找自己攤牌？

「嗱，細佬，不如咁啦，出面求其租間劏房都好貴，不如迫少少，等我返嚟一齊住啦，之前都係咁啦……」

「但係……邊有得咁㗎，玩獎門人呀？咁都有得打和？」家謙心有不甘，但卻又知道不可以遷怒於阿哥。

「打和咪幾好，無謂大家互爆大鑊啦，係咪？」阿哥單了單眼，輕佻的笑道。

碌架床錯誤

黃家謙目光呆滯地臥在床上，望著頭頂上的床板，那是上層碌架床的床板。這張碌架床是訂造的，比起以前那張，闊多半呎，因為上下兩層都各有新家庭成員進駐。

吱吱吱吱……吱吱吱吱……

黃家謙聽著碌架床搖動的聲音，但這個空間其實已經很久沒有人做愛了，吱吱聲只是黃子真跟堂弟弟在旁邊床梯爬上爬落嬉戲時發出的雜聲，他們已經四歲了。

「唉呀，好痛呀，嗚嗚……」黃子真被堂弟弟推下了床梯，痛得哇哇大叫。

「我唔想同佢玩呀，我哋可唔可以搬走呀……」家謙默不作聲，只是擰擰頭。

子真摸摸撞痛了的手，然後又若無其事的跟堂弟弟在梯上爬來爬去。

吱吱吱吱……吱吱吱吱……

子真不一會又跌了在地上。

「子真，乖啦，做功課啦。」家謙繼續望著床板，無奈的道。

子真在床邊的書包那出一張畫紙，遞給了爸爸。「爸爸，爸爸，老師話呢幅畫係咪畫錯咗喎。」子真扁著嘴說。

家謙望望畫紙，畫紙上方用木顏色筆寫著「我的家」三個字，下方子真畫了全部家庭成員——家謙、Julia、子真自己，旁邊更有黃父、黃母、家全、阿嫂、和子真的堂弟弟，一共八人。

「老師問我做咩畫八個人落去，佢話張畫紙咁多人好迫，問我係咪畫錯咗喎。」

家謙認真的盯著那張畫，他在想，的確，八個人像連一個平面空間也幾乎容不下，究竟怎樣在真實的世界生活下去。

家謙眼框通紅，滴著淚，望著子真，無助的道：「你無畫錯，不過係我做錯……」

《碌架床》
全文完

// JOURNAL 2

畜牲傳心師

向西聞記

畜牲傳心師 能量

　　這間酒店的宴會廳，裝潢符合我預期中的氣派，舞台上的鮮花主題，是她的主意。雖然我有公開演講的經驗，但在這莊嚴隆重的環境下，在幾百人面前，站在台上，還是難免緊張。

「雙方交換完戒指，新郎可以揭開新娘嘅頭紗……」證婚律師拿著咪高峰，望著我，向在場來賓說。

　　我腦海一片空白，在想，我們其實是怎樣走到這一步，我提起雙手，輕輕撫著她的頭紗，這時，我又呆了起來，又在想，如果可以選擇，我情願不是甚麼動物傳心師，情願可以了解她的心。

　　更何況，我不是一個真正的動物傳心師，卻只是個畜牲傳心師，畜牲是個形容詞，形容我自己。

　　幾年前，有人跟我說過，香港地，第二最好做的工種，是呃九人錢的行業，而最好做的工種，就是呃九人錢而不犯法的行業。開頭我也不明所以，也覺得自己沒有機會接觸這些行業。直至有一晚，我前女友 Flora 的英國短毛貓在村屋走失了，我才知道世界上是有動物傳心師這回事。

「你隻貓走失咗成日，你整咗街招未？你未整，不如我幫你整啦。」我在電話裡頭說。

「我個 Friend 介紹咗個動物傳心師畀我，我已經 Send 咗豆腐張相畀佢，佢話豆腐同佢講佢都係貪玩出走一陣，叫我唔使太過擔心，佢出現返嗰陣，我就會搵到佢㗎喇。」

聽完她說，我當然震驚：「咩嘢動物傳心師呀？你講咩呀？點樣望下張相就可以同隻貓傾偈呀！？」

「佢唔係傾偈呀，係用能量去感應隻貓嘅……」

她未說完，我已搶著激動地罵道：「傻㗎咩！咩嘢能量呀？」

「你咁激動做咩喎，你唔幫手都算，都唔使講粗口㗎……」我聽得出，她開始哭了起來。

「你聽咩呀？我係話咩能量呀，係能字呀！」

「剩係鬧我，又唔幫我！」

「我咪話幫你貼街招囉，幾時有話唔幫？」

「你唔信我！即係無幫過我。」

「我唔信個傳心師啫，無話唔信你喎。」

「你唔信佢！即係唔信我搵佢係有用啦！」

　　我們好像說到這裡，我便收了她線。當我冷靜下來的時候，我沒有打電話安慰她，而是上網搜索有關於動物傳心師的資訊，那一刻，我再度震驚了。

　　在網上世界，原來如此多人自稱動物傳心師，他們自稱可以透過能量去感應到動物的想法，大部份傳心師更可以透過 WhatsApp 工作，接收主人傳來的寵物相，遙距感應她們腦海裡面的感受和想法，更離譜的是，就算寵物過身了，他們亦可以通靈般跟她們溝通，簡直是畜牲版本的問米。

　　最後 Flora 的貓沒有再出現過，於是她再付五百大元，去再問她的傳心師。她的傳心師說她的貓戒心很重，所以貓講了大話，牠其實根本不想回來，但她已有了新居，有新的家人，生活得很愉快。Flora 雖然失望，但也安心了。

我那天問：「Flora 你覺得你的傳心師可以跟豬西溝通嗎？」

　　Flora 反問我甚麼是豬西。

「你咪豬西囉！咁 X 蠢！」我答。

　　那天我們分手了。

　　我感到憤怒，怒的是我不能接受到香港人如此反智，但同時我又感到興奮，因為我終於發現了一個入行門檻極低，呃九人錢而不犯法的行業。

畜牲傳心師 轉運

記得那時剛和 Flora 分手，我便立即認真籌備當一個動物傳心師，我有想過上返一兩堂，聽聽那些有經驗的動物傳心師所謂的偉論，但我想，如果我給錢他們賺，我亦只不過又成為了我自己口中所講的豬西。去上堂？不了。上網已有他們大量的偽科學文章及試圖狡辯的理論。

我為我的動物傳心師身份，開立了 Facebook 專頁及 Instagram 帳戶。我沒有心急開業，而是慢慢花了一兩個月，分階段上載一些自問自答的虛構 WhatsApp 訊息，扮作跟客人的寵物成功交流，也自行創作了一些感謝信，自己用第二個身份去感謝自己，想起也毛管戙。

最後我更開了幾十個 Facebook 及討論區帳戶，慢慢滲透至各個寵物平台，有人的貓狗有甚麼頭暈身㷫，我便用那些裝得很真得假帳戶，留言推薦我自己這個傳心師。

Eva 差不多是較初期的客人，也是第一次有客人要求我向非貓非狗的生物傳心，她跟我說，她的巴西龜過身了，希望我向牠溝通，Eva 問我，她需要親身來見我這個傳心師嗎？於是我看看她的 WhatsApp 上的個人照片，相片中的她妝有點濃，唇好像過紅，但那雙大眼還算好看的，而且更穿上了吊帶晚裝。甚麼生物的傳心我也不會，但我知道用這種相做

Profile Pic 的女人，肯定是戰鬥格。這不是偽科學，而是男人的常識。

「是的，我跟你面對面交流的話，過程絕對流暢很多。」我發了這個訊息回應她，約了她到我的辦公室。

　　是的，我覺得要做傳心師的話，就要做最出名的傳心師，那時客源未穩定，我已認真地租了一個迷你的辦公室作為自己的工作坊。

　　但那天我還是頭一趟面對面接觸客人，Eva 晚上七點收工後準時來到，原來上班的日子她沒有那麼濃妝艷抹，雙眼未如相片中圓大，但還算清秀。

　　正常的情況下，在我的工作坊內，我跟客人交談的時候，我和他們之間，是會隔著辦公枱的，就像一般上司叫下屬入房傾公事的情況。但我見她跟自己年紀相若，外表不錯，我覺得不妨可以試試親密一點的形式。我把椅子拉近她，面對面坐在她的面前，膝頭也幾近碰到她的黑色絲襪。

　　我慢慢地向她簡單介紹了服務的收費和流程，她便亮出電話，給我展示了她那隻巴西龜的照片：「我最想知道……龜

強有無上到天堂。」

「咩話？龜強！？」

「係呀，佢叫龜強。」

　　原來忍著不竊笑對於新入行的傳心師來說，是一個很難的關口，這是我有點始料不及的，邊 X 到有人會叫隻龜叫「龜強」！？

　　我嘗試忍著笑，勉強合緊嘴巴，裝著一本正經地答：「好，我而家就準備進行傳心過程，我希望你都保持肅靜同埋閉起雙眼，因為我要一個好寧靜嘅環境去接收龜強嘅能量，同埋閉起雙眼可以令你自己嘅心境平靜落嚟，咁呢個房間裡面傳心過程就可以確保唔會受到干擾。」

　　我拿著她的電話，把龜強的照片拉到自己的面前，當我確認她比自己先閉起眼後，我便退出了這張照片，然後從相片庫中，瀏覽其他的照片。原來她喜歡做瑜伽，經常只穿一件粉紅色的 Sports Bra 在家中自拍，她似乎有一個樣子很平凡的男朋友，從他們的合照中，感到他們不太親密。

「我聽到龜強話，知道你日日返屋企都好疲倦，但仲成日做運動，佢話佢唔想你咁辛苦。」

「真係㗎？」她閉著眼驚訝的問。

「Eva，你係咪成日喺屋企著粉紅色衫？因為我從龜強嘅能量之中感到大量嘅粉紅色。」

「係呀係呀！」Eva答。

「咁我而家準備幫你睇下，佢有無上到天堂。」

　　其實就算我不偷看她的電話，我也知道Eva是很容易應付的，因為有部份客人，都其實只是希望在寵物過身後得到慰藉。寵物上不上天堂這種問題，基本上外行人都懂回答，難道我告訴她說：「龜強話佢唔配上天堂，佢想落地獄多啲，上天堂，不了。」當然不會。

　　我閉起雙眼，幻想龜去的天堂會是怎麼樣的，我希望可以形象化一點來告訴Eva，讓她滿足一點。突然，不知怎的，我腦海中浮現了三個字——「海天堂」。

我實在忍不住了，「嘿嘿」兩聲笑了出來，我張開雙眼，同時間也看到了她開了眼，充滿疑問地凝視著我。

「我笑咗出嚟……係因為……係因為我感覺到佢喺天堂玩得好開心。」幸好我也有些急才，我沒辦法告訴她，我剛才想起了海天堂與龜苓膏。

她微笑著，眼眶通紅了，似乎是喜極而泣。

「不過，佢話佢反而好擔心你，佢覺得你好孤獨……」她聽完，眼角開始滴著淚，話也說不出。

「佢話你有男朋友，但佢唔鍾意你男朋友，佢都唔覺得你真係好鍾意你男朋友。」她聽完，哭得更淒涼。

我遞上了一張紙巾，放到她的手心時，更輕碰著她的手，她沒有迴避，用紙巾抹了抹眼淚後，更反過來用另一隻手捉緊我的手。

「我一陣有時間，可以一齊食晚飯，食飯唔係傳心服務嚟，我唔收錢嘅。」我捉著她的手，笑說。她點了頭，也笑了笑。

那一夜，我們喝了點酒，便發生了關係。而這種關係，一直持續兩年多了。那晚開始，我間中會到她的家中過夜。像我這種動物傳心師會有專業操守不和客人上床嗎？傻的嗎，當然沒有這種操守，我又不是騙她跟我性交能夠轉運，她和我性交是因為想和我性交。所以，客人來說，有得上一定上，活得像頭狗公可能更容易在大自然裡和其他動物溝通呢！

「今晚唔留喺度瞓呀？」赤裸上身的 Eva，挺起胸，彎手在背部扣上自己的喱士胸圍，她見我沒有回應，又再道：「Come on！」

「唔喇，聽朝有個講座要去。」我在床邊，伸了伸腳，穿回自己的牛仔褲。

「咁聽晚呢？可以過嚟 Stay over 喎，我同 Steven 其實就散㗎喇，佢唔會上嚟，我都唔會比佢上嚟。」

　　她又再暗示她想跟男朋友 Steven 分手了，但我沒有多大反應。Eva 身材雖嬌小，但女性應有的部份還是很豐滿，而肌膚潔白這方面也是我的喜好，但我總是提不起勁和她長遠交往。

首先，她是一個偽 ABC。真 ABC 說話時，會將不認識的中文詞彙說成英文，而偽 ABC 則相反，說話時只能夠將自己唯一識的英文詞彙說出來，我不喜歡這種虛偽的腔調。

　　其次，也是最重要的是，兩年來，她把我的傳心術當成神蹟一樣，我實在對蠢女人太有偏見，Flora 之後，我沒辦法再跟蠢女人一起。

　　對了，Eva 這兩年沒有養新的龜強了，因為她找到了更好玩的龜頭。

畜牲傳心師 禽獸

　　其實我第二天沒有甚麼講座，只不過我不想讓 Eva 這種女人要我留就留，瞓就瞓。雖然我無乜人性，但不是性奴。

　　早上起來，我開始回覆客戶的訊息，我印象中還有十二個人未覆，我查一查我電郵帳戶上的傳心申請表，一個晚上，原來又多了六七個申請者。

　　傳心申請表亦是一個作弊的途徑，更是過去兩年間我快速冒起的原因。別人覺得我傳心的答案夠準，是因為我會要求他們輸入電郵地址，真實姓名，以至別名，當我擁有這些資料，其實已很容易搜索到他們於網上的任何足跡，即是「起底」。

　　Facebook、Instagram 的相片，以至在各大討論區的留言，這些足跡已足夠讓我有機會獲得主人的衣著喜好、感情生活、家庭成員數目、上 OpenRice 讚過甚麼東西好吃、動物曾否患病、曾否走失等等的資訊，這些資訊足夠讓我變成他們心目中的神。

　　像 WhatsApp 上這個差不多到更年期的女人為例，她已是一位熟客。她頭一次在 WhatsApp 上接觸我時，她問我，她的拉布拉多最近心情是否不佳。結果我剛好用她的登記

Email 找到了她在 she.com 上的留言，她在討論區上問了一些離婚的法律細節，原來她的丈夫和一位女同事出軌，於是她跟丈夫離婚了。

順利成章地，我當然告訴她，你的拉布拉多不開心，是因為爸爸離開了，他不能再跟爸爸一起在沙發上睡覺，和爸爸一起在沙發上睡覺得世界上最幸福的事情。

結果，她感動得幾乎每個月也幫襯我一次。她信任我的程度，已到達了如果我告訴她可以性交轉運，她一定立即來我的辦公室脫下所有衣服，然後把我強姦。當然，和她性交轉運我當然不肯，幸運的會是她，倒霉的卻是我。

我認真地工作，花了三四個小時，慢慢創作各種答案回覆客戶。到了下午四時，我的日程表響起了提示鈴聲，原來我差點忘記了今晚是中學同學聚會。

早幾年的中學同學聚會，我盡量也找些藉口來推卻。他們工作上就算不是晉升到中高層的位置，都起碼已找到了方向，但卻只有我一事無成，大學畢業了四五年，還只是一個大型網店的 Operation Assistant。但如今，我已脫胎換骨了，我不介意駕著我的 Tesla Model S 去深井跟他們吃燒鵝聚

一聚。

　　這個年頭，周街也是 Tesla，Tesla 的數量只是比的士少一點，本身我也不想成為沒有個性的一群，但 Tesla 卻方便我的工作，因它不用入油，感覺環保。我經常和它自拍，再上載到 Facebook，一來可炫耀，二來我告訴我的粉絲們，我駕駛的是一部相當環保的 Tesla，當我連駕駛的車也以大自然為本的話，我接收寵物的能量時，可大幅減少雜質，動物會更願意如我溝通。

　　我故意遲到，因為待他們先人齊，會較容易讓他們從店內看到我把我的 Tesla 駛到大門前停下，讓店員代客泊車。

「勁啦，又換車喇。」我未走過來坐下，Peter 已向我大喊道，我只是一笑置之。

　　我在他們的八人大圓枱，找了個空位坐下，旁邊的是 Vivian，她笑著道：「搞錯呀！唔使返工都遲到㗎！」

「個個都唔係住呢度，你走去約人嚟深井，邊識嚟呀？」我語帶埋怨。

「吓，你唔知點解我會約大家嚟呢度咩？」

「唔知喎。」

「你識讀心㗎嘛！你估下我諗咩囉。」Vivian 提高聲調，感覺像揶揄我。

「唔係讀心，係動物傳心！我剩係動物先感應到㗎喎，好啦，等我感應下你呢隻臭雞啦！」我捉實她雙手，她掙扎反抗，她的低胸背心內的偉大雙峰，還是十年如一日。

還記得以前我們在學校的課室內跑來跑去時，她身體稍為搖動，兩個肉球在衣服內便拋來拋去，眾人看著我罵了她幾聲臭雞，看得哈哈大笑。

「唉呀，唔好玩啦，雨雅返咗嚟呀，佢話佢好多年無食燒鵝，我咪約大家嚟深井囉。」

我望了望對面，我差不多忘記了她的面孔，她是楊雨雅。中五那年，她是班中的插班生，以前頭髮長長，架著一副幼框眼鏡，她文靜得幾乎令我忘記了她的存在。

她現在的短髮乾淨俐落，瀏海跟髮腳同樣只到下巴的長度，臉上施了淡妝。我望著她，她也望著我，穿著白色無袖背心的她，向我點了點頭，她的輕輕淺笑很優雅動人。

「今次返嚟，係咪唔返英國㗎喇？」坐在雨雅旁邊的 Sam，向她問道。

「應該唔返喇，香港有香港好。」她還是話不多，說了兩句，又沒再說下去。

我記起了，中五那年她的會考成績不錯，但家人還是鼓勵她到英國升學。這幾年其實已經沒有她的消息，我老早就認定她會移民不再回來。

一時想得入神，在旁的 Peter 大力拍一拍我，幾乎嚇了我一跳，「喂！上星期報紙副刊又訪問你喎！勁啦！」

遠處的阿張又說：「睇咗啦，著晒 Suit 咁，你估你金融才俊咩？」

我只懂尷尬的笑，未來得及回應，另一邊的 Vivian 又搶著道：「咪係囉，你完全表達到靚仔同衣冠禽獸係一線之差。」

「唔做禽獸點同動物溝通呀？」我說完，眾人又再陪笑。

我眼尾向遠處輕掃，只覺雨雅靜靜的坐著，面部含笑，卻沒有甚麼大反應，是未跟我們熟絡而害羞，還是有心事，我也不知道。我望清楚她兩眼，頓覺她很有桂綸鎂那種清新自然得來又有些少冷豔的氣質，我指的是台灣那個桂綸鎂，不是西環的法律界桂綸鎂。

飯後，我們走出門外，趁沒人留意，我走到雨雅旁邊，問她要不要我車她出市區，她禮貌地猛說不用了，她說有巴士可以直接回家。我好像有點失望，但還是算了。最後，只有 Vivian 跟了我的車。

Vivian 住大埔，但我卻載了她到青衣的青嶼幹線觀景台，那裡有個大停車場，平日夜晚幾乎無人。Vivian 不感到意外，我們不是第一次來這個地方。

我在無人的一角停車，熄了車燈。她環顧四周確定無人後，本來坐在司機位旁的她，向我駕駛座這邊彎下身，鬆開我的皮帶，猛力扯下我的西褲，然後便掏出我那東西，放進口，再上下郁動。

我剛才罵她臭雞，其實不是說笑，只是她不知道我是認真的。中四中五那兩年，不斷跟那些 MK 仔車輪轉地拍拖，被 A 君砌完到就到 B 君蹂躪，B 君蹂躪完就到 C 君糟蹋，中五畢業後相信還有被無數多的人碾壓過。

但是，以前的我，連摸一下她手仔的機會也沒有。青春過後，Vivian 才如夢初醒，驚覺自己還是需要找一個穩重的男人幫自己埋單，但這時她才發現，自己猶如一架被轉手過十次八次的舊車，稍為對車有要求的男人，看到牌簿上的手數，咪錶上的里數，就已經不會承接。

這兩年間，她見我事業有成，早就經常找藉口約我單獨外出，她借醉幾次後，我們便斷斷續續地演變成這種境地，她之前錢不夠，更開口問我借。

你看，她的頭上下上下地擺動著，不像是一頭在啄米的臭雞嗎？想跟我認真地拍拖？當然沒可能，但友誼波還是可以的，而且跟臭雞這種動物交流，也可能是動物傳心師工作應酬的一種。

她的技術與速度，平常足以令我兩分鐘內完事。但今晚，我即使像以往一樣欣賞著她搖動著的胸部，但我還是心不在

焉，望著她的黑色胸圍，沒有興奮感，腦海裡卻想起了剛才見到的一個面孔，也就是雨雅的清秀的臉容。對我而言，雨雅好像有種不能言喻的吸引力。

我一不留神，原來 Vivian 已熟練地，邊用頭向我擺動著，邊偷偷伸手在自己的胯下拉下了自己的黑色純綿內褲。但我還是提不起勁：「你用口得喇，今晚無乜心情。」她扁一扁嘴，只好繼續下去。

「咁耐嘅？唔舒服咩？」她用那塗了銀色指甲油的手指，抹抹咀角的口水，仰起頭說。

以前的我根本不會想到，Vivian 竟然會對我這樣體貼。我那時好心關懷，叫她不要隨便認識 MK 仔，但她卻沒有理會我這種暖男。如今，我不知道我是否還是女人心目中的暖男，但我知道，她口內將會感受到體液的溫度，肯定會比我的心更溫暖。

畜牲傳心師 授徒

　　我每個星期也租借這間私人補習社，讓二十多個跟我學習動物傳心的學生，乖乖的坐著聽講。

「今日呢堂，係會比上一堂更加深入嘅，你哋會學識點樣適應狗嘅頻率，當你哋嘅能量同狗隻相似嘅時候，你哋同狗嘅松果體都會大大增加同步率。」

「係嘅阿 Sir！」

　　我拋出一堆似是而非的詞彙，愈難令人明白，他們就愈信服。

「好，準備喇，大家唔可以怕醜，你哋而家要一齊吠！」

　　她們你眼望我眼，開始時有點疑惑，但很快，已有一兩個女人，勇敢地吠了出來，「汪，汪汪！」。

　　我望望她們，點點頭，以堅定的眼神鼓勵她們，令她們明白，吠出來就是正確了。

「汪，汪汪，汪汪汪！」吠叫聲愈多愈多，愈叫愈起勁，我大力拍了幾下手叫道：「That's the spirit！唔好停！」

上我堂的學生，九成是女生，相信大家由細聽到大，別人常說：「女性的直覺很準」，這句說話其實不是讚美，而是一場繼續弱化女性的陰謀。因為這句話鼓勵她們不用邏輯去思考，一切依賴直覺，第六感就夠了，因為你們是女人！會很準呢！但其實當她們長時間欠缺分析力時，就變得像現在的場面一樣，有智慧的人叫她們吠就吠，叫就叫。

有邏輯思維的話，她們就不會相信有人望一望張相就知隻貓走失去了哪裡，甚至相信有人可以跟死貓死狗溝通。如果有這種能力的人，何不去捉通緝犯？為甚麼不聯絡失蹤人口？甚至直接問死者誰是殺人兇手？

「吠耐啲唔緊要，可以轉一下聲調，嘗試扮下狗公或者狗乸，等唔同性別嘅狗都適應到你！」

「汪，汪汪，汪汪汪！」

我故意讓她們自行練習，因為我有更重要的事情要做。

我踏出了講台，從褲袋掏出了電話，打了這個 WhatsApp 訊息：「雨雅，咁多年無見，不如出嚟食下飯？」

我打完這幾隻字，想發出之際，內心還是有點忐忑，我們昨晚不是已經見了面嗎？我還是把字刪了，想了想，然後改成：「雨雅，你有無養開動物？我朋友係寵物義工，有隻狗等人領養，想睇下有無人有興趣。」

如果她說有養開動物，我當然會幫她動物傳心，嘗試打開更多話題。如果萬一她真的說自己想領養動物，我就隨便說說那頭狗已經剛好被人搶先領養了。

可是，她整個中午，直至我下了課，她也未有回覆我。下課後午飯期間，在茶餐廳內扒著飯的我，目不轉睛地盯著電話，也依然未有看到她的回覆。突然，我的電話震了震，以為有甚麼好消息，誰不知又是我的日程提示，原來我差點又忘記，今天下午我有一個相當奇怪的會面。

我算是半個公眾人物，常有報紙雜誌約我訪問，感謝信亦收到不少，間中亦有一些古靈精怪的人在 Facebook 上私訊本人，罵我是神棍，但跟我聯絡的陌生人之中，最意想不到的會是他。

他約我到飛蛾山上，他說他從不露面，所以想找一個較少人的地方，若不是最近經常跟 Vivian 打野戰，其實我也不

太懂上飛蛾山。

　　我把車泊了在山腰的涼亭，然後走出車外想呼吸一下新鮮空氣。等了五分鐘，他未到，而那裡的霧氣就愈來愈重，我已幾乎看不到山下的鬧市景觀，路過的車亦要開著車頭燈。呢條友，跟人見面時仿佛也要神秘得需要這種迷離的氣氛襯托著。

　　又等多十分鐘，我才開始聽到異常猛烈的引擎聲，我從霧裡隱約看到鮮黃色的車頭，我知道，那架林寶堅尼就是他的車。他把車泊在我的 Tesla 後邊，打開那林寶招牌式天使般的雙翼門，然後下了車。

「唔使叫我雲哥，叫返我阿雲得喇！」他比我想像中還年輕，最多只有廿五六歲，但他開場白的語氣，豪邁之中卻見淡定，看似處理慣江湖事。

「叫返雲哥好啲嘅，大家都叫你雲哥。」我說。

「叫咩雲哥咁生外呢，大家都係同行！」

「哈哈，同行？唔係同行喎我哋。」我疑惑地笑了。

「大家都係呃九人錢啫！咁都唔係同行？」

　　雲哥可算是盛極一時，他是最早發展賭波貼士專頁的網絡紅人。「小賭正廢人，大賭變馬雲」這個賣波料的 Facebook Page，相信大家一定聽過，他經常說的「做人做狗自己決定」更成為網絡界名言。有傳他的波料月費要過萬，高峰時期收費會員人數過五百，他的收入可想而知。

　　他成名的手法和我類似，也是找到極多的假帳戶在自己的 Facebook 留言推崇自己，打一堆假的感謝信。不過他更嘩眾取寵，經常直播自己到馬會收錢，再把捐錢的過程拍片上載，甚至鋪上一堆現金在自己的林寶堅尼車頭上數銀紙。

「我啲賭波料中硬就唔使賣比人啦，你啲傳心術咁勁仲會走去教人？咁仆街嘅嘢，大家都明嘅。」

　　我未及反駁，他又笑笑口再說：「傳心仲仆街過傳銷㗎其實我覺得，傳銷中伏都係因為貪心，傳心中伏係因為愛心！」

　　既然他那麼直接，我也無謂死撐，「咁你想搵我做咩？我波都唔識賭㗎喎。」

「咁你識同馬溝通嘛！」他嘴角上揚，語帶嘲諷。

「我而家界好多人狙擊我，話我啲賭波貼士唔準，所以我諗住開多瓣，就係賭馬！跟住我就諗起你喇，如果你同啲會員講，全港最出名嘅動物傳心師加盟咗我喱邊，你話幾勁！」

「但係如果我搞賭馬，我怕影響形象……」

「形象緊要，定係錢緊要？好似我咁，有錢就有形象！」他自信地，攤一攤開雙手，暗示有錢人就站在我的面前，「信我，啲錢一定搵得好快！」他再說。

「但係……」我的電話響起了訊息鈴聲，打斷了我的說話。我拿起電話，立時咧嘴而笑，我終於收到雨雅的回覆。

雲哥的提議，我已沒有心情去想。

「對唔住，我未有興趣住，等我詳細諗清楚先，有機會再同你傾。」我對雲哥說完，便上車下山。

「Sorry，我屋企有養狗喇。」這就是雨雅的回覆。她有養狗，是最理想的答案。

我當然打蛇隨棍上，「唔緊要，有無興趣搵我做一次動物傳心？可以幫你了解多啲你嘅寵物。」我補充多句訊息：「我唔收朋友錢。」

　　我一邊駕車回家，一邊再等她的回覆，想著想著，才驚覺自己忘記了應該跟她說，她若果可以親自帶狗出來見我，效果會更好，那我就有藉口可以見她。當我又想補充這句的時候，原來她已經發了狗照片給我，「佢叫 Chris，你可唔可以幫我睇下佢對我有咩睇法？」

　　那是一頭普通極了的純白色北京狗，加上我沒有雨雅的 Facebook，對她也很陌生，沒有任何資訊之下，我回應了些基本上能夠應對任何寵物的標準答案。

「佢話佢好鍾意俾你抱，雖然知道媽媽條腰好易攰，但係都忍唔住搵你抱，仲有呀，佢話去睇醫生就會唔開心，因為真係好驚醫生，佢都想健康啲，唔想成日睇醫生，唔想媽媽擔心。」

　　見她沒像沒反應，我又加多句：「佢仲話佢想出多啲去，識多啲新朋友。」

然後她終於回覆了我：「但係佢驚其他狗㗎喎。」

我的傳心答案出現了尷尬的失誤，我不禁嘆了一口氣。

想了片刻，我再說：「無錯，我知道，朋友係指人類，佢想識多啲人類。」

我也驚嘆自己自圓其說的能力太高，自信心也澎湃起來：「佢同我傾完偈，都話有興趣認識我，不如我同你一齊去放狗？」

「好呀。」她說。

第二天中午，我把所有原定的預約推掉了，決定走去 Salon 修葺一下自己的髮型，還去了美容院清理雜亂的眉毛，我希望以最完美的姿態出席我們第一次的約會。

她住黃埔花園，她叫我在第七期那邊隨便找個方便的位置停車就可以了。結果我比原定的時間早到了十分鐘，當我把停車地點以訊息發給她後，還體貼地提醒她不用著急。

十五分鐘後，我從倒後鏡看到她在街角處走過來，她身

穿白色 T-Shirt 再配搭一條牛仔短褲,拿著一個白色的狗袋,
腳步跳脫,感覺青春可人。我下了車,向她揮手,然後走到
乘客位那邊,禮貌地預先幫她打開她的車門,而她走過來時
也報以微笑。她的感覺,比起在深井那天,算是熱情多了,
看來她比較慢熱,而且現在的她對我的整體形象似乎感覺相
常良好。

男士風度很重要,所以我一直為她拉著車門,當她走到
車旁,我就示意她上車就座,她彎身鑽進座位之際,她的動
作突然完全停止了,腳未踏上車廂,頭卻呆在車內。

「做咩事呀?架車污糟呀?」我疑惑的問。

「呃⋯⋯」她好像望著車廂內的地面,發現了甚麼難以啟齒
的東西。

「等我睇下。」

我挨近她身旁,向內探頭,我看到地上的物件也驚呆了,
那絕對是晴天霹靂的感覺,因為那是一條女裝底褲!

幾秒腦海空白後,我才意識到那是 Vivian 早幾晚除下的

底褲，她是發脾氣故意留下，還是純粹忘記了著底褲，我真的不得而知，我只知道我未曾試過面對這種情境，雨雅也應該未嘗試過坐一架車廂地板上有底褲的車。

「唉，樓上啲人……真係好衰！」我故作鎮定，其實口也震了。

「頭先我喺街食 Lunch，泊咗喺屋邨樓下，咁啱又唔記得閂天窗！肯定係有人掉落嚟。」

　　她也尷尬了，面有點紅地說：「係囉，咁都有嘅……」

　　我連忙低下頭，伸手拿起 Vivian 那條好像有點濕的底褲，再掉出車外的坑渠：「哈哈……而家上得車喇。」她點了點頭然後上車，表情有點強顏歡笑。

　　約會來說，這是一個惡夢式的開場。

畜牲傳心師培養

開車後的頭幾分鐘，我幾乎語塞，唯有試試胡亂找些東西打開話題閘子，「佢就係 Chris 哥呀嘛？好靚仔喎。」我望望旁邊的座位，看見她的北京狗從她攬著的狗袋裡伸了個狗頭出來哺哺氣。

「唔……」她好像沒有甚麼反應，應該驚魂未定，亦可能正擔心我會帶她到危險的地方除下她的底褲。

「頭先條底褲唔係我㗎……」

「我都知，女裝嚟㗎喎……」

「我意思係唔關我事，真係天跌落嚟㗎。」我又再解釋，但好像愈說愈錯，算了，不要再提底褲。

「係呢，你喺英國返嚟？有無打算即刻搵工呀？」我還是從正經的話題入手。

「我其實啱啱喺倫敦一間廚藝學院畢業，我學咗一年整甜品。」她邊說，邊摸著 Chris 的頭，Chris 雙眼半開半合，看似舒爽。

「所以我返嚟睇下會唔會開一間主力賣甜品嘅 Cafe。」她說的時候,終於有些笑容。

「係囉……自己做生意都好呀,我都無打工好耐。」甜品我不在行,唯有這樣說裝作大家很投緣。

「係呢,你點解會做咗動物傳心師嘅?」

「其實細細個我已經覺得自己同動物好投契,個心好似知道佢哋諗乜咁,早幾年我睇咗好多外國嘅傳心研究文章,慢慢再自學,跟住就發覺到呢件事真係幫到好多人。」

我答了些平常訪問時的標準答案,難道我會告訴她蠢人的錢最好賺嗎?不過她好像對傳心沒有甚麼興趣,沒有再深究這個話題。

「我今日無諗住去好遠,我哋到喇。」

「呢度?呢度咪係以前學校?」她說 Chris 怕其他狗,我體貼地把帶她帶來我們以前的中學,星期日的學校,沒有學生,更沒有其他人放狗。

「係呀，舊生隨便入得。」我說完，便把車泊在學校的大閘前，一起下車。

「你記唔記得，以前呢個位朝早有個婆婆賣三文治？」雨雅指一指校門外，大閘旁邊的大樹。

「係呀，我成日都有買。」

「我仲記得你朝朝早第一堂喺課室食㗎喎。」

　　雨雅這樣說，但我幾乎沒有印象，「哈哈，你又知？」

「我坐你隔籬㗎喎！」她皺著眉頭，似乎懷疑我已經忘記了。

「我梗係記得啦……」我也有點不好意思，其實我完全淡忘了她過去的存在。

　　我們邊走邊說，來到操場，眼見周圍無人，我道：「好啦，可以放 Chris 仔落地喇。」

　　Chris 雀躍地亂跑亂跳，而雨雅也預備了一個玩具膠波，丟出去讓牠拾回來，玩了未夠半個鐘，Chris 累得喘著氣，懶

洋洋的坐著不動，不再跟我們玩接波遊戲。這段時間，我們少了閒談，但卻樂在其中，上車時的尷尬事已拋諸腦後。

「以前我哋個班房係咪喺三樓？」她在操場中間，仰起頭問。

「咁我又唔記得喎，一齊上去望下？」

十年未回過母校，當年每日走的樓梯，原來沒有記憶中那麼多級，走廊中的欄杆，也比回想的時候矮得多，人的記憶力原來比預期中模糊。我幫雨雅抱著 Chris，雨雅跟著我一步一步的走到當年的 5A 班房。

「一望到呢度，我就諗起會考嗰年，放咗學都搏命溫書。雖然好辛苦，但都好過出嚟社會做嘢。」雨雅甫進課室，望著那些座位說。

「會考真係好辛苦喎，我就頂唔順喇，情願出嚟做嘢。」我笑說。

「你嗰陣話想考消防員，點解無考到？」

雨雅的問題，我有點詫異，連我自己也幾乎忘記我曾經

有報考消防員的念頭。她說完，我才有些微印象自己講過這番說話。

「咁唔係剩係考消防員先幫到人嘅，動物傳心都可以㗎。」

「唔……」她只輕輕微笑了，我也不知道她是否認同。

「係喎，頭先我感應到，Chris仔話佢都幾滿意我呢個新朋友，佢話想我間中都同佢出街，佢叫我問你可唔可以喎。」我抱著Chris，把牠面向她的主人，雨雅想了一想，凝視著我，點了點頭。

那天開始，每隔幾日，我就會載著雨雅和她的Chris到處逛逛。黃金海岸沙灘到過，飛蛾山到過，尖沙咀海傍也到過，我和雨雅相處熟絡了，談的東西也更深入了。她說她已單身了三四年，我告訴她我很久沒有遇上自己真正喜歡的人；她說將來的咖啡廳希望可以裝上帆布吊床，收鋪後自己可以躺臥，在半空中靜思，我告訴她她的短髮很爽朗，不是那麼多女生可以配上這髮型……我們之間可謂幾乎無所不談。

這兩個星期，感覺上我們愈走愈近。就在這一個夜裡，她下車前，我跟她說：「聽晚不如你放低Chris畀屋企人，

我哋兩個出去食飯？」

「嗯⋯⋯可以呀。」

　　沒錯，我已決定了跟她正式表白。

畜牲傳心師 告白

　　把對象約到餐廳表白，是一件沒有太多把握，就不會夠膽做的事情，因為沒有人希望被拒絕後，還要在一個半封閉的室內環境面對自己的對象。但是，我還是願意為雨雅承受這種風險。Escocesa 這間餐廳，除了菜色合我口味，我也特別鍾情倚著落地玻璃的沙發位置，我希望雨雅可以在維港夜景伴托之下，永遠記得我表白的浪漫一刻。

　　我先來到餐廳等她，我坐下來時，不斷拉直自己西裝外套及恤衫，手部的小動作顯得我有點不安。我側著身，欣賞著玻璃窗外的夜色，看著它逐漸黑沉。

　　一時不為意，原來雨雅已經找到我，「喂，嚟咗好耐？」她邊說邊放下手袋，坐在對面的沙發。

　　不同放狗的那幾個晚上，今天她隆重一些，穿了一條白色的雪紡連身裙。她見我定神的望著她，她好像有點尷尬地道：「你帶我嚟呢度嘛，我咪咁著囉。」

　　其實她真的很漂亮，但我沒說出口，只笑了一笑。

　　我們叫了主菜，再喝著兩杯 Cocktail 等上菜，這晚我和她之間少了些閒談，氣氛不比前幾晚輕鬆，她不是那麼天真

的，她可能已猜想到這晚將會有些很重要的事情發生。

既然她很有可能猜中，不如我早點開口：「雨雅，其實我有啲嘢想同你講。」我緊張，但也極力保持著笑容。

「我都有嘢想同今晚你講，但係你講先啦。」她說。

「呢幾個星期我同你相處之後，我有諗過，我好想同你發展落去。」我凝視著她，說的時候手也震了，不經意地摸著枱上的酒杯，她定神望著我，但沒有說話。

「我鍾意咗你，我係認真嘅。」

她一直未說話，世界仿佛停頓了。

時間好像過了幾世紀，她才開口答道：「其實……我中學嗰陣已經鍾意你，但係……」

她的回應是我預料之外，不過我反而擔心，她的表情有說不出的凝重，而且「但係」兩隻字之前的任何語句其實是沒有意思的廢話。

「但係你變咗好多。」

「變咗？」

「以前你單純好多，我仲記得你喺學校門口個阿婆度買三文治，每次落完雨嘅第二日，你都會買兩個三文治，因為你話阿婆落雨就無開工，想買返佢尋日個三文治，希望幫補返佢。」她說到這裡，我有點迷茫，我還未搞清楚我如何變了，還未知道她想道出甚麼道理。

「你話你讀書唔好，但都可以考消防員，因為可以幫到人，但係你點解最後要做動物傳心⋯⋯去呃人？」

「呃人？咩呃人！？」我一時大反應，不小心大聲了，然後又再刻意壓低聲浪。

「你係唔係誤會咗？我無呃人喎。」

「我見返你之後，睇咗你好多報導，睇咗好多你寫嘅文章，我本身已經覺得你份工好多好荒謬嘅術語同理論，我真係好奇怪點解咁多人信！」我不知道她是憤怒，還是哀傷，只知她雙眼已有點發紅。

「你可能未清楚我呢個行業啫，我可以界時間你了解下㗎。」

「你記唔記你話阿 Chris 好驚去睇醫生？隻隻狗都驚睇醫生㗎啦！但係你唔好彩，偏偏我隻狗鍾意睇醫生。我隻狗係喺動物診所度領養返嚟，開頭係個醫生照顧佢、養佢，所以佢好鍾意返去探個醫生！」

「可能係第一次同你隻狗傳心，你隻狗對我有少少戒心……」

「唔好話傳心啦，你連動物都唔熟，有咩理由見到我隻狗咁多次，都以為佢係狗仔？佢係狗女嚟㗎！ Chris 可以係女仔名嚟㗎。」

我望著她通紅的雙眼，無話可說。這個時候，突然有兩位女士向我走近，輕輕拍了拍我的肩膀。

「我哋成日睇你 Facebook 㗎，雖然未試過揾你做動物傳心，但我家姐隻狗今日走失咗，唔知你可唔可以而家……」

我經常在街上碰上 Fans，但卻未試過在這樣不適當的時間碰上。

「梗係可以啦，佢好叻㗎！」雨雅竟搶著說，語調不太尋常。

「你試下問佢，隻狗瞓開張床係咩色啦，佢好準㗎，一定啱㗎，萬一答錯，佢會話你隻狗生理構造有問題，隻狗表達錯咗佢接收到嘅顏色。」

　　我兩個粉絲，望著她，一時無語。

「佢連隻狗叫咩名佢都估得中㗎！好少錯，如果真係錯，一定係你隻狗唔鍾意個名，隻狗決定幫自己改過另一個名。」

「哈哈……唔……唔緊要啦，如果唔方便，我哋自己搵方法啦……」那兩個女士也覺得氣氛異常，尷尬得準備走開。

「唔好走呀，佢會幫你搵到隻狗㗎，如果搵唔到，就一定係你隻狗走失咗太驚，唔識表達自己喺邊！」她們沒有回頭，一直走到老遠自己的座位。

「呢啲係喺你啲文章度學返嚟㗎，我有無講錯呀？」

　　我托著頭，呆呆的望著枱上，眼神放空。

「你以前都唔係咁，點解而家咁多藉口、咁多大話？我點知你幾時真幾時假？我以前對你有感覺，但係我而家無辦法要一個咁樣嘅男朋友。」

我低下頭，但還是向她偷偷的瞧了一瞧，她眼眶已經湧出了淚水。

她突然拿起手袋，站了起來，轉身一走了之。行了兩步，她又回頭走近我，再道：「仲有呀，你車完 Vivian 過兩日就車我，條底褲梗係 Vivian 㗎啦，唔好同我講個天跌條底褲畀你啦。」雨雅說完便走了，這幾分鐘我原來沒有正視過她。

我無言的盯著前面的空橙，和枱面上那兩碟牛扒，我用刀切了幾片來吃，我沒有把它吃完，就打了個電話給 Eva。

畜牲傳心師反省

「啊！嘎、嘎……做乜事今晚咁大力、咁 Excited 呀……不過 我鍾意呀……I like it！」Eva 在床上抱著我的身軀，讓我壓 著她快速推撞，我配合地捉著她的腰，猛力的搖動著。

但我閉起雙眼的一剎，想起的又是雨雅，就算我張開眼， 望著 Eva 的雙峰在搖晃，也無時無刻分了神，只是想著如何 補救我和雨雅之間的關係。

「今晚都係無乜心情……」我翻了身，躺在一邊。

「做乜咁突然呀？唔 Enjoy 咩？」

我沒有直接回答她，反而問：「其實點解你要咁鍾意我， 咁樣有意思咩？」

她沒有出聲，我再轉身盯著她問：「如果我話比你聽我 一直呃人？啲動物傳心係假嘅，你仲會唔會咁樣對我？」

「咩呃人喎，我第一次見你，已經覺得你好準，好幫到我。」 Eva 疑惑地問。

「有幾準呀？你問我龜強係咪喺天堂吖嘛，唔通我同你講你

隻龜強想落地獄呀？咪戆九九咁啦！」她聽完，雙手捂著嘴，立即哭了起來，我發覺我原來三個鐘頭內，已弄哭了兩個女人。

「Sorry，今日心情唔好，我走先。」我穿回衣服，離開了Eva 的家。

　　第二天我被鬧鐘響醒了，原來又到了每週動物傳心班講課的時間。這一天，不知怎的，我還未正式在課堂上面對她們，只是單單在腦海憶起她們，已覺得這堆女學生，特別不順眼。我決定未走到課室之前，先在街市行一趟，買了些東西作為這一堂的教材。

　　我拿著一個街市的紅色大膠袋，走入課室，學生們如平常一樣熱情的向我示好。我走上講台，從紅色大膠袋裡，倒出一個粉紅色卻又有點發紫的生豬頭，皮上連著稀疏的白毛，那個豬頭在地上滾了幾下，在場女士無不嘩然。

「驚咩啫！你！同我過嚟，行近對住佢傳心，睇下你感受到啲乜嘢！」

　　我捉著一個上幾堂扮狗吠，吠得最投入的女人，拉了她

過去講台前邊。她不敢靠近，於是我把豬頭拾了起來，讓她近距離直接面對著，她咪著眼，面容扭曲，狀甚難受和痛苦。

「點呀，諗到啲咩呀？上幾堂練習嗰陣唔係好成功，用個心同好多貓貓狗狗傾偈㗎咩？唔係通靈都得㗎咩？而家成個豬頭喺你面前喝，咁都溝通唔到？」她沒有說話，其他人也鴉雀無聲。

　　我用雙手拉著豬頭的嘴巴，使牠的嘴唇開開合合，裝成牠的嘴巴好像在說話的模樣：「快啲同我傾偈啦。」我扮那隻豬向眾人說，但無人夠膽畀反應。

「你哋啲女人！豬有乜好驚？唔係學咗傳心就好 X 有愛心㗎喇咩！？」

「啲貓貓狗狗得意喳嘛！唔得意，你睇下你哋啲港女有無愛心？咁有愛心唔 X 見你哋助養非洲兒童？」我說完，拋下豬頭，頭也不回離開了課室。

　　我不是沒有嘗試過找雨雅，但她不接電話，不回訊息。她愈不跟我接觸，我心情則愈恍惚。離開課室後，我連車也沒心情駕，我情願獨個兒在街上閒逛。

走著走著，我在佐敦經過一個街角，看見一間空置的地鋪。那間地鋪大門陳舊，玻璃窗殘破，驟眼看，前身似是一間茶餐廳。當我從窗外望真一些的時候，發覺內裡間格四正，實用度高。

我呆站在那間鋪前，突然間，雨雅的說話又再在我的腦海迴盪：「其實……我中學嗰陣已經鍾意你。」

我不期然對這間正在招租的鋪面開始產生很多幻想，它突然出現在自己的眼前，它或許是個讓我補救的機會，也可能是一份讓我跟雨雅再次走在一起的緣份。我望著貼在門外的招租街招，撥出街招上的地產經紀電話。

我做了一個很瘋狂的決定。幾天之內，我交出了那間鋪位的三個月按金，一個月上期，再加上裝修的費用。同一天，我更在自己的 Facebook 上公開宣布，退出動物傳心的行業，及取消所有傳心課堂，很多粉絲哭著留言問我因由，但我沒有解釋。因為我公開宣布的目的，只是希望向一個人交代。雨雅，我希望你能看到我這個決定。

我一天一天的監測著裝修工程的進行來打發時間，看著這個星期工人打破鋪頭的外牆，換成一塊過的落地玻璃，又

看著他們再花幾天把整幅地換成淺色的油木地板。

　　這裡開始漸見雛型，於是我把 Cafe 的裝修中的照片連同這訊息傳給雨雅：「雨雅，我希望你相信我有改過，我現在不再想當動物傳心師，我只想，開一間 Cafe 給你。」

　　但幾天以來她也沒有回音。

　　隔幾天我又告訴她：「廚房的空間很大，我想你在這裡做甜品一定會很滿足。」

　　她愈是不回覆，我的壓力也就愈大。

「可以給我一次機會嗎？」這晚我傳了這個訊息給她，但幾個鐘頭過了，她還是在 WhatsApp 上已讀不回。那一刻我失去冷靜，把一張新訂回來的木椅子掉向牆角，再踢破了一枝枱腳。

　　我沒有收拾，正想離開之時，電話響起了，我滿心期待，但一看來電顯示上的名字，又再失落了，打來的是 Eva。

畜牲傳心師 報應

「你終於聽我電話喇咩？」我聽得出，Eva 埋怨的聲線中卻帶點喜悅。

「係呀，呢排太忙……」我說。

「我唔係想煩你㗎，我知你呢排唔開心，你想搵人陪我可以出嚟㗎。」

「咁你過嚟佐敦。」

　　Eva 的住所距離不遠，她只花了三十分鐘就立即來到，她從鋪頭落地玻璃外看到獨個兒呆坐的我，便推門進內。

　　她望著剛鋪好的地板，和全新的傢俬，表情疑惑：「間鋪頭你㗎？」

「係，我諗住開 Cafe……」

「你……真係唔做動物傳心喇？」她的神情有點失落。

　　而我也不想直接回答：「你又話唔係想煩我嘅？」我一這樣說，她就苦笑了，然後不敢出聲。

「我帶你入嚟睇下個廚房……」廚房要經過一條短走廊再轉彎進入，我手指輕按著她的腰肢帶她推門入內。

「廚房仲未裝修好喎……」的確，廚房其實沒甚麼好看，牆身的白油也只是剛鬆好一天半天，連廚櫃也未訂好。

「係呀……幅牆啲油乾咗就得啦。」我連門也沒有關上，就大力推了 Eva 向牆，她背對著我，雙手按實牆邊，然後很配合地輕輕俯身，拗著腰，翹起自己的臀部。

　　我開始雙手握住向著我的那兩個肉團，再向她一下一下的從後進迫，然後閉上眼享受著。當你在幾個人生交叉點中做了幾個決定，卻又在懷疑自己的時候，壓力的確很大，但 Eva 卻可以讓我暫時忘卻一切。

　　但矛盾的是，當發洩了，完事了之後，又仿佛經歷了一次循環。腦海再次清醒一點的時候，我還是想念著雨雅，一拉高了褲頭，就回歸到失落的思緒。

「Eva，我車你走。」她沒有多說話，然後就上車，靜靜的讓我送回她家的樓下。她或許知道她得不到我，但她總是知道自己如何配合我，她知道我想她靜一點，她就會靜一點。

又過一天，我頭昏腦脹地醒來，睡眼惺忪中伸手向床頭櫃拿起電話，原本我只想看看時間，但當我看到電話上的訊息時，我彈了起床，原來雨雅在半夜回覆了我的訊息。

「你間鋪位地址喺邊？我今晚過嚟同你傾。」

Cafe 未正式完成裝修工程，但我竟花了半天率先為它盡量清潔乾淨，因為我希望雨雅今晚走進那裡，會有驚嘆的感覺。而我也小心地再走入廚房，看看地上，確保今次沒有人遺留下底褲。

她約了我七點半見面，天色漸沉時，我也開始緊張得低著頭不斷徘徊踱步。如果有人從窗外一直望著我，一定會以為是我是神經失常。

突然我聽到遠處開門的聲音，我停下了腳步，雨雅拉著門，定神的望著我，然後再一步一步走過來，我立時展笑：「我好驚你唔覆我，你終於都肯出嚟喇。」

但她面無笑容，走來時更好像有點怒意。她走到我面前，從手袋裡拿出電話，按了兩按說：「你又話你會改，你改啲咩呀？」

她用力把電話擲給我，我狼狽地接實再查看她的電話。原來電話中正播著一條短片，短片中的畫面看到我身處馬場，西裝筆挺一本正經地拿著望遠鏡，認真地觀察著沙圈上的馬匹，在鏡頭後拍攝著的男人則開始旁述：「全城獨家！我諗好多朋友都認得呢位仁兄，無錯！香港最有實力動物傳心師經已加盟本集團，未來一年我哋將會成為全港唯一一間可以賽前同馬匹直接對話嘅貼士網站！獨贏位置唔使估估下，邊隻跑贏直接問啲馬！」

　　毫無疑問，那正是雲哥的招牌式聲線，他說完之後，畫面拍著我有默契地放下望遠鏡，對著鏡頭接著瀟灑地說：「發達上位唔係難事！做人定做狗自己決定！」

「其實呢條片我拍咗一次，唔會再拍喇喇……哈哈……」我嘗試裝作若無其事地笑說。

「你嘻皮笑臉做咩呀？你到底明唔明問題喺邊呀？你又去呃人喇……」

　　她激動的說，我唯有誠懇地解釋實情：「我真係無諗住做動物傳心喋喇！拍呢條片係因為我諗住搵一嚿錢，我有呢筆錢先搞到鋪租同裝修，我同你開 Cafe 都係因為我想改過……」

「你睇下嗰邊，我仲預咗個位，諗住裝吊床⋯⋯你講過話你想要一張吊床放喺 Cafe⋯⋯」我指著大廳的角落。

我有感她的態度開始軟化，於是我面對面凝視她，伸出左手，再用手指輕輕觸摸著她的右手，她沒有反抗。這是我和她重遇後，最親密的身體接觸，那種觸電感，是跟其他人做多少次愛也感覺不了。

就在那一刻，我渴望把她一抱入懷，我已經預備好了，雙手微微攤開，把身傾前。突然之間，「咔嚓」一聲，大門打開了，踏進門口的身影，竟然是 Eva。

她突如其來的到訪，使我只能驚呆的盯著她，也緊張得把掟著雨雅的手鬆開，雨雅望一望她，再望一望我。

「你⋯⋯嚟搵我？」我尷尬的向 Eva 問道，她只是點點頭，沒有出聲，似乎不能接受自己親眼目睹我拖著其他女性。

現場的寂靜令我更緊張難受，雨雅又望著我，似是想我說點甚麼，我說：「係呀⋯⋯普通朋友嚟搵我啫⋯⋯」

Eva 一聽到我說「普通朋友」四隻字，立時崩潰，眼淚

直流，她可憐的掩著臉，匆匆轉身開門離開。

Eva 離開後，我裝作甚麼事情也沒發生過，打算再捉著雨雅的手，但她立即用力甩開我，雨雅失望的望著我道：「我唔知你有無揀啱人，但你就一定唔識做人。」說完她便搶回她的電話，轉身離去。

前後不夠二十秒，她們就相繼在我眼前離開。我也倦了，倚在牆邊，呆望著飄散的灰塵，傾聽著深沉的死寂。

雨雅沒有再接我的電話，我從其他舊同學口中得知，她應該回到了英國，當我探聽到她在英國的地址後，我想也沒想，便買了機票。但當我去到她姐姐位於倫敦郊區的房子時，她告訴我，雨雅去了澳洲流浪，根本沒有回過英國，我亦只好回港。

個多月來，沒有同學再聯絡到雨雅，我唯有盡量把她淡忘，但在這個孤寂的時候，我發覺我連 Eva 也聯絡不上，Eva已徹底拒絕跟我接觸。

「雙方交換完戒指，新郎可以揭開新娘嘅頭紗……」證婚律師拿著咪高峰，望著我，向在場來賓說。

站在台上的我，的確難以想像事隔只有半年，我已在舉行一場婚禮。我輕輕揭開她的頭紗，她望著我燦爛地笑，然後我便吻向她。

　　這一吻沒甚麼感覺，或許我從來對 Vivian 就沒甚麼感覺。跟雨雅和 Eva 失去聯絡後，我又重新跟 Vivian 偶而發生關係，我從未想跟她認真發展，但四個月前我意外地跟她「搞出人命」，我沒有選擇餘地，選擇負起責任。我錯過了最愛我的人，也錯過了我最愛的人，或許這就是命運，或許這就是我當動物傳心師的報應。

　　既然報應都已經出現了，我婚後選擇恢復動物傳心的工作。如果我發現客人養的是名種犬、名種貓，我就會跟他們說，他們的寵物喜歡跟多些人類傾訴心事，建議把牠們暫放在我的 Cafe，進行短期的心理療程。其實這療程要另外收費，費用比狗酒店當然更高昂。不斷有動物寄居下，我的 Cafe 自自然然成為動物 Cafe，內裡六七隻貓貓狗狗，全不屬於我，Cafe 內經常替換的名種動物，也成為 Cafe 幫襯完的客人定期再次光臨的原因。

　　開甜品 Cafe 的初衷我已忘記，但每當夜闌人靜之時，我總是凝望著鋪頭一角的吊床，幻想著她躺在上邊，跟我細說

中學的往事。

《畜牲傳心師》
全文完

Cosplay

向西聞記

Cosplay

七年之癢是一種怎樣的概念？

曉朗最清楚，那是一種無論在生活上還是性生活上，你對伴侶已經瞭如指掌，卻又妄想榨取更多新鮮感的渴求。

在這種情感下，曉朗知道自己不是已經不愛她，但跟女朋友初相識一星期，那種輕輕拖一拖手，漫步街上就會扯旗的感覺，其實早已蕩然無存。

曉朗幾星期前去了趟 Body Check，由於他買的保險可以讓他住進單人的私家病房，所以他叫女朋友玥儀在網上的情趣商店買了套護士制服，留待探病時間鎖上門使用一陣子。

「換咗套護士衫就唔好死氣沉沉咁啦，我係病人，你唔係病人呀，Cheerful 少少得唔得呀？」

「我好緊張呀，好驚有護士入嚟吖嘛。」

「頂！你咪係護士囉！」

曉朗以為病房的真實環境，可以幫助自己在玥儀身上找到另一種幻想與體驗。可惜護士裝是淘寶上廿九蚊人仔的質

素，胸口有個很硬很膠、根本沒有醫院制服會採用的紅色大十字。不真實的制服設計，加上表現不太投入的玥儀，令曉朗有點掃興。

　　曉朗覺得，那只是一種外形上的扮演，玥儀即使穿上護士制服，她還是玥儀，他和這個所謂護士之間的性愛，好像欠缺了一種有著前因後果的 Story。

「下星期六我地七週年紀念，你可唔可以扮空姐？」

「吓又扮？」

「今次好唔同㗎……我諗住……」

　　曉朗話音未落，已被玥儀打斷說話：「你係咪好鍾意護士同空姐啫？出去媾囉！」

「我唔係特別鍾意空姐，都唔係特別鍾意護士。我都係想要新鮮感啫，如果你夠成熟，你扮譚仔阿姐我都鍾意㗎喎。」

　　本來不耐煩的玥儀，也忍不住竊笑，撒嬌地打了曉朗一下：「你撚埋啲嘢真係好辣殺！」

星期六晚，曉朗沒有在玥儀的家樓下接她，而是約她在諾士佛臺一間酒吧。她從來沒有試過單獨夜蒲，但這個晚上，她打了粉底，塗上平常從不用的眼影和淡淡的胭脂，電了一頭微曲的長髮，以全新造型，獻上第一次。

○ ○ ○ ○ ○

　　玥儀坐在 Bar 枱旁揚一揚手，叫了杯紅酒。曉朗剛好到來，曉朗今晚其實不是曉朗，而是是投資銀行的高層 Sean Lee。

　　Sean Lee 負責為私募基金評級，上次到 New York 參觀初創企業時，在回程的頭等機艙上認識到當空姐的玥儀，不，是 Kathy 才對。這個晚上，玥儀是 Kathy。

「Kathy 啱啱你先做完一轉 Long Haul Flight，唔使唞下又即刻出嚟飲嘢嘅？」

「咁你約我吖嘛。」穿著高跟鞋的 Kathy，在枱底輕輕用腳尖掃了掃 Sean 的腳眼。

　　這些對白跟動作，都是曉朗預先創作好，並早已傳給玥

儀準備。

這個晚上，曉朗誓要把情趣 Cosplay 帶到更高的層次。

「Long Haul Flight 其實唔係好辛苦啫，我仲好鍾意。」Kathy 說的時候單了眼，似乎有什麼隱喻。

「吓點解呀？」

「長途機好精神㗎，你知唔知啲鬼佬喺機上瞓醒覺，一個二個都會晨勃，扯晒旗，條褲脹起晒！如果遇到氣流仲正，我會扮晒檢查佢地有無扣好安全帶，睇得仲清楚。」

曉朗把人物設定得非常仔細，Kathy 是個性飢渴的空姐。

「鬼佬一定好長咩？雖然我係香港人，但我條嘢放喺 Keyboard 上面攤長，一樣可以由英文字母 A 字橫跨到去 Z 字。」

「真係㗎？求下你可唔可以帶我去睇下呀！」

如此古怪的情慾對話，相信這間酒吧開業十五年也從未出現過。畢竟，叫自己條女扮唔係自己條女，而去俾扮緊唔

係自己嘅自己媾多次，不是常人可以創作到出來的玩意。

　　但曉朗對此相當興奮，他不僅暗喜自己有潛質當個色情文學作家。更雀躍的是，他塑造了一個全新的性伴侶。他拖著 Kathy 離開時，竟然勃起了。拖手都可以扯旗，那是闊別了六年零十一個月的感覺。

　　從前的草草了事，今晚在時鐘酒店內沒有發生。曉朗完全沉醉在角色扮演中，他完事後，甚至捨不得把那話兒拔出來，

「Kathy，你令我不能自拔。」如此深情的對白，原來七年來他也沒有對玥儀說過。

　　　　　　○　○　○　○　○

　　從此，他們之間的性生活，變得過份地有情趣。一個月內，前前後後玥儀飾演了三、四次 Kathy，曉朗最後覺得有點厭倦，於是為玥儀再寫更多更好的角色。

　　壓力過大的教師、債務纏身的 OL、冒警的休班女警、每星期示範科學實驗的女藝員……這些角色只是很基本的體驗，

曉朗開始研究更深層次的角色。

　　這次，玥儀飾演一個口沒遮攔、多多要求的港女，當然玥儀不知道那個角色設定其實參考了曉朗的初戀女友。

「死八婆，咁鍾意食埋晒啲劣食，信唔信我逼你食埋我條邪惡流心拉絲肉腸？」

「啱啦，你下面得嗰 3 cm，夠晒隱世。」

「含啦 Suki！咁多嘢講！」

　　曉朗一時忘形，露出一絲殺氣，更粗暴地按實了玥儀的頭，這舉動完全滿足了舊時未滿足過的慾望。曉朗舒暢地發洩完了，但玥儀卻久久未有言語，一開聲便嗚咽起來。

「你根本都唔鍾意我，鍾意我就唔使我扮呢個扮嗰個啦！」

「Sorry 呀玥儀，我真係上咗癮，我都唔想⋯⋯」

「我唔會再扮落去㗎喇。」她邊說，邊摸著剛才被曉朗弄痛了的頭皮。

「我下星期生日，俾我玩多次啦！一次咁多啦！」

玥儀沉默起來，曉朗當她答應了。

o o o o o

曉朗知道現在只剩下一次機會，一定要把它好好珍惜。至於這個最後的角色，應如何選擇是好？

漂亮性感的女性形象，他也憑空想像過，玥儀亦飾演過，但她們的美豔背後，都只不過是有足夠金錢就可以得到的玩意。這些女人都缺少一種至高無上，無人敢高攀的獨特感。似乎把有權勢的女性征服，是曉朗還未有完成的心願。

「你之前咪話想剪短頭髮嘅，你而家可以剪喇。」

「吓，你唔係話鍾意女仔長頭髮㗎咩？你又想我扮邊個呀？」

曉朗裝出一副嚴肅認真的表情，把頭慢慢伸到玥儀的耳邊，細聲把答案告訴玥儀。

玥儀聽後，雙眼瞪大：「吓！呢個點扮呀？」

曉朗和玥儀的每一個角色開房前，都會相見在其他地點，先以對話來調情，再逐步慢慢展開每一個情慾故事。正如曉朗之前所想，開房的原因比開房這個動作更重要，有原因才有故事，有故事才能夠投入。

　　但一星期後，曉朗生日的那天，情況有點不同。他未見玥儀，但已安排了一個很完美的原因，安排她的角色出現這間時鐘酒店的房間中。

　　曉朗獨自開了房，呆坐在床邊十幾分鐘，終於等到他期待已久的敲門聲。他吞了吞一啖口水，緊張地開了門。

　　門後的玥儀，不僅把一頭秀髮剪短，更沒有試圖把頭梳理，故意造成一些蓬鬆感，臉上更架著一副幼身的啞紅色框眼鏡。

　　她開了門，淡然的道：「係神叫我嚟扑嘢嘅。」

　　將開房的原因歸咎於宗教，對這個角色來說，是個很完美的理由，曉朗覺得自己是編劇界的鬼才。但令他更意外的是，玥儀竟也是一個完美的演員。素顏的玥儀，雙眼原來不比豆豉大很多，這反而更演活了這個蛇頭鼠眼的女高官角色。

雖然只是說了一句對白，但她目光鬼祟的神態，已經瀰漫著一種心術不正的感覺。

「OK……唔係神叫你嚟，我就要即刻同你開房嘅，我對你好陌生，需要 Ice Breaking 一下。」曉朗說完便坐在床邊。

Ice Breaking 的環節，是臨場爆肚，沒有提早準備。因為曉朗沒有把事情誇張，眼前的她，真的很陌生，卻又很熟悉。

曉朗深信，面前這個穿著素色西裝外套和及膝裙的女人，根本就是二十七歲時的她。中英聯合聲明簽定的那一年，她就是這副模樣。

「而家 Ice breaking，畀個 IQ 題你，右邊賓周無屋住，猜一歇後語。」曉朗認真地問道。

「左（阻）撚住晒吖嘛，聽咗十幾年啦，有無老土啲呀？」

「我未問完，而家右邊賓周終於有屋住，但佢打開門，發覺陰囊已經住咗入去，歇後語係咩？」

「吓……唔識喎，係咩呀。」

「你諗真啲？」

「真係唔知呀，你講咩呀，你之前無畀呢啲對白我嘅……」

「答案係袋住先，袋住先呀！你條 X 樣最鍾意叫人袋住先㗎，咁都唔 X 識！」

一說起這三個字，曉朗突然暴跳如雷，他差一點就摑了玥儀一下，但他還是沉得住氣，只是怒氣沖沖的盯著她，喝了一句：「望咩呀，上床入閘啦，你唔係好 X 恨入閘㗎咩？！」

玥儀緊張起來，她有點兒被曉朗嚇壞，嘴角微微震抖了起來。

她沒有見過這模樣的曉朗，在床上的她，不期然產生自我保護意識，雙手蹺起，把腿合得很緊很緊……

玥儀用盡全力夾實雙腿，但還是敵不過曉朗的蠻力：「哈，使唔 X 使收埋晒，保密功夫做得咁好呀？」

曉朗一邊把她的雙腿掙開，一邊對著裙內的肉色阿婆底褲，歇斯底里地大喊到：「入面收埋啲咩驚喜畀唔畀得人知呀？

故宮呀？」

　　這七年間，玥儀明明心甘情願地跟曉朗幹過四百多次了，但這是頭一次有一種被強姦的感覺。

「你係咪癲㗎，唔好啦……」

　　「唔好啦」這句說話，對於一般男人，是動聽的，在床上會愈聽愈興奮。但對於曉朗來說，這反而是暴力的催化劑，曉朗被這個三個字沖昏頭腦，他咬緊牙關，一掌摑落她的臉上：「唔好？唔好？啲市民叫唔好嗰陣，你有無聽呀？你連諮詢都費X事呀！」

　　玥儀一邊掙扎，一邊哭得雙眼通紅。相傳眼淚是女人的武器，但曉朗不把那當作是一回事，他知道，哭是沒有用的：「葉劉又喊，你又喊！女人喊大X晒呀？」

　　這兩條臭西過往在政府硬推過無數次，今次曉朗終可以掉轉頭在她面前擔當硬推的工作。

「得你一個作風硬淨呀？我都好硬淨㗎！」

玥儀想反抗，但無力掙扎了，只哭著說：「求下你，唔好啦，今日唔方便呀⋯⋯」

以月事來推搪，是女人的陳腔濫調，曉朗當然不信這種官腔。

他目無表情地淡然道了一句：「故宮外嘅鎮壓，從來都係血腥嘅。」

一連串的示威鎮壓過後，曉朗很滿足，因為他把權勢征服了。

床邊的玥儀，驚魂未定、眼神迷離，呆若木雞地瞪著天花板，曉朗不肯定她是否神叫她來爆房，但他覺得，自己似乎讓她看到了神。

○ ○ ○ ○ ○

幾天過後，曉朗收到玥儀的短訊：「之後仲想唔想玩Cosplay？今次我要自己設定角色。」

曉朗當然答應，心想玥儀呢個衰妹，原來也一早上了癮，

上次的難忘體驗，她一定是愛上了。

玥儀說，她今次想當一個出軌的女人，這個角色，喜歡瞞著自己男友跟其他男人上床。

曉朗覺得這個角色很平庸，而且她已好像已扮演過類似角色，但始終是玥儀的一番心意，說不定還有其他驚喜等著他。

那天中午，曉朗又預訂了時鐘酒店，獨個兒在房間等著。

究竟出軌的女人通常會是什麼打扮？玥儀會設計怎樣的對白呢？在床上的曉朗愈想愈好奇，想著想著，原來已過了半個小時。

「你不是過來嗎？」曉朗發了句短訊催促玥儀。

「要和其他男人上床，不了。」

曉朗在床上，呆滯地望著她的回訊，然後，他們之間沒有然後了。

《Cosplay》
全文完

寂寞的
二十七歲
（健身）

向西聞記

寂寞的二十七歲（健身）

「喂好迫呀……」

「係呀，前面個毒撚個背囊好阻訂囉。」

　　早上的地鐵車廂多嘈雜也好，你完全聽得見背後那兩個 OL 的私語。你不明白，鬼佬大大份著晒西裝孭背囊就係 Down to Earth，就係 Smart Casual，自己孭背囊就係毒撚，就係阻訂。你托了一下眼鏡，垂下頭，嘗試避開她們的目光。

　　你呆滯地盯著那個破裂了的電話 Mon，若有所思。那道裂痕彷彿在每天反覆地提醒你是一個失敗的人，一個連八舊水都不敢貿貿然拿出來維修電話的人。車門開了，幾個站的冥想靈修完成，你繼續走那條千篇一律的上班路。

　　不善交際，打扮樸實，就是毒撚嗎？這種以偏概全的 Labelling，本身已習慣了，已默默接受了，但自從幾個月前有一張漫畫插圖開始在網路上瘋傳之後，你又要重新適應另一個稱號。

「喂！早晨呀 IT 狗！」

「早晨……」

IT Support 本身的工作已經低微得難以接受，現在連同事們也明目張膽地拿自己的工作來開玩笑。香港地，劏豬佬也美名為肉類分割技術員了，IT 人材卻在走相反的步伐，成為 IT 狗。

你沒有正視 Reception 的 Angel，而是板起臉，打算急急步走到自己的坐位上。

「IT 狗幾得意呀個名，講吓笑啫，唔係一早返工就嬲嘛？喂，我部腦個 Network 成日斷，幫我睇吓下面條 Lan 線係咪鬆鬆地啦。」

「你下面個臭西就鬆呀。」這是你心裡的台詞，但不敢說出口。

你默默放低手上的腸仔包和奶茶在 Angel 的枱上，然後便彎下身鑽進枱底。枱底的空間本身不大，Angel 的一雙腿，就在你的頭側邊，她完全沒有把腳移開的意思。

毒撚可以近距離欣賞 OL 的黑絲是種福氣，但不要以為做 Reception 的多數會是高質 OL。Angel 是老闆的表妹，年過四十五，體重是年紀的三倍以上。你在枱底聞到陣陣的本

土氣息，一種疑似香港腳的味道。

　　你見工時沒有想過 IT 會是厭惡性行業。老闆不肯花錢，公司全層樓一百人分享 30MB 寬頻網絡。上網慢時，同事會咒罵你。

　　老闆請得人少，只用一個 IT Support。幾個同事電腦有問題時，你分身不暇，同事會咒罵你。

　　老闆要求把咸網 Block 了，你不敢幫同事們解封，同事會咒罵你。

　　公司賺錢，全部人有分紅，你是分紅最少的人。

　　公司蝕錢，要炒人，你是第一個被裁的人。

　　記得當時 HR 問你為甚麼想來這裡做 IT Support，你說你覺得呢份工幫到人，她說你的答案很可笑。更可笑的是這一刻，你幫人幫到捐肥婆的枱底，你的臉頰，就在她的臭西和香港腳之間，三者有著曖昧的距離。

　　何解做 IT 沒有上司會幫自己洗腦，把 IT 這回事做到好

似保險一樣，日日幫自己在 Facebook 上面為自己加油，為自己增添正能量呢？

「新的一天又開始，希望今個月可以為公司完成維修八十部電腦的目標！」

　　沒有，這樣正面積極的 IT Support，歷史上一個也沒有出現過。

「Angel 你部腦個底板有啲問題，我諗我要拎走你部機去整一段時間。」說完，你終於從枱底鑽出來。

　　Angel 部腦其實無問題，的確是 Lan 線鬆了，只是你偏偏不想讓她習慣了你的高效率維修，也順便懲罰她工作九成時間是用電腦來上 Baby Kingdom 和網購。

　　你雙手捧著主機，返回自己的工作桌。你發現銷售部的 Wilson 倚在桌邊等著你，他說話一向討你厭，但肯和你說話的人一向不多，就算不樂意，你多數也會應酬他。

「喂，今晚隔離 Team 阿 Judy 叫我去唱 K，佢另外有多五個 Friend，全部女，佢哋叫我叫多啲仔去，我一諗就諗起你。」

「我都唔啱唱 K 嘅……你叫你同事 Steven 去咪得囉……」

Wilson 小心翼翼地掃視四周，再輕聲答：「Steven 呢啲青靚白淨嘅，就費事叫啦，老實講我貪你唔靚仔咪叫你去囉。」

親耳聽著別人說自己不靚仔的確有點打擊，但你又有點欣賞 Wilson 的坦白，不過你還是有點猶豫……

「唔使驚喎，今晚我 Carry 你，收工一齊行啦。」

∘ ∘ ∘ ∘ ∘

做 IT 的，不像做 Sales，你不會有機會見到公司以外的人。今晚你能夠唱 K，對於這個難得的機會，你不禁有點期待，亦有點自喜。你在想，你的 WhatsApp 上早已加入了一個高達模型的小圈子 Fan Group，如果你告訴 Group 友們你今晚去唱 K，他們這堆真毒撚一定會說你是一個偽毒。

這個晚上，Wilson 的計劃成功了。Judy 帶來的幾個女生，有兩三都爭著和 Wilson 合唱，Wilson 當然大喜，芝華士溝綠茶一杯又一杯，興奮得未停過。

但至於 Judy，似乎對於 Wilson 帶了你過來有點失望，甚至乎也對你有點不滿。她拿起 K 房內線的電話幫其他人點了幾杯飲料，卻完全沒有向你過問，你只好待五分鐘過後，在其他人不為意之下，才尷尬地拿起聽筒為被冷落了的自己點了一杯 Fruit Punch。

「喂！你覺唔覺得你有啲似 Chris Evans？」Judy 大力拍了你一下，嚇得你鬆了手，聽筒也差一點跌在地上。

「吓⋯⋯Chris Evans？」你聲線也震了。

Chris Evans 你當然認識，這位飾演美國隊長的演員，不是洋腸那麼簡單，他是完美的洋腸，英俊的外表，183 厘米的身高，47 吋的胸肌，你萬萬想不到有人覺得你會長得像他。

「似喎真係好似！」

只是聽著女生這樣說，已經害羞了起來。原來你對 Judy 有一點誤會，她心底裡原來那麼欣賞你。

你一時緊張，不知如何回答，只能紅了臉，謙虛地否認：「吓⋯⋯唔會啩，乜我戴住眼鏡你都覺咩⋯⋯？」

「戴住眼鏡先似喎，Chris Evans 咪戴眼鏡㗎囉！吓⋯⋯你係咪係誤會咗呀？Top Gear 嗰個 Chris Evans 喎，唔係美國隊長嗰個喎。」

你很迷茫，你根本不知道世界上原來還有另一個洋腸也叫 Chris Evans。

「咁似佢嗰個 Chris Evans 係點嘅樣㗎？」旁邊那位好像叫珊珊的女生搶著問。

Judy 便走向 K 房那部電腦，在大家面前 Google 了 Top Gear Chris Evans。

不到半秒，屏幕出現數十張 Chris Evans 的相片，K 房內眾人笑不攏嘴。

「哈哈哈，真係好似。」

「哈哈哈，似到咁 X 樣都有嘅。」

屏幕上的 Chris Evans，的確不是美國隊長。這個 Chris Evans，頭髮稀少，戴著粗黑眼鏡，臉色蒼白，身形瘦削，跟

自己一樣，外表是個不折不扣的一個毒撚。不同的是，他是英國的金牌主持，有才華、有錢、有樓、有車，好 X 多車，人家的車仲多過你的高達模型。

「唔好介意呀，我哋係咁男仔頭，咁直㗎喇。」

以「真性情」來美化臭西不尊重人串柒柒的性格，你從來都不認同。你默不作聲，坐在一角，打算作出無聲抗議，但嘲諷你的聲音還是此起彼落：「K 房部腦壞咗呀，Chris Evans 可唔可以幫手整返呀？你唔係做 IT 㗎咩？」

「快啲啦，橫掂你都唔唱歌嘅。」

在房間內，只有兩個人沒有加入她們的七嘴八舌之中，一個是 Wilson，因為他喝醉了，在睡覺，另一個是個女生，她叫阿純，她沒有笑，沒有說話。對於你來說，已是一份支持，是黑暗的 K 房內的一點光明。

但那又如何？她坐在房間的對角，你根本沒有面目和膽量去接近她。捱多二十分鐘，你說你要早點回家了，你放低了五舊水，頭也不回離開了 K 房。

回家的巴士站就在卡拉 OK 的對開街角，你等了一分鐘車，忽然有人拍了你一下肩膀。因為剛離開了有冷氣的地方，你的眼鏡還是佈滿一層模糊的霞氣，你用食指捽了捽鏡面，才看清楚，站在你前面的，是阿純。

　　　　　　　　∘ ∘ ∘ ∘ ∘

　　你未曾想過自己會有一天，主動走入 All-In Fitness，這間曾經有多宗新聞報導過，指店內的銷售員向客人高壓銷售的健身中心。

「你哋最平嘅入會健身 Package 係幾多錢？有無得剩係做兩個月？」

「其實我哋最少都要簽一年，當然簽兩年個折扣會有七折，計返起每個月都係四百蚊，包埋租用毛巾同所有器械。」

「我都係簽一年得喇。」

「好呀無問題，幫你簽一年先啦。」

　　接待處的女 Sales，給你的印象很好。整個簽約過程，

完全沒有硬銷的感覺，說一年就一年。果然如你所預計的一樣，新聞報導的只是冰山一角，銷售員之中那些少數的害群之馬可能只會向傻仔埋手，自己又怎會受騙。

別人經常說，這裡的 Sales 一定會強行推銷多餘的套票，所以加入健身會籍時少一點定力也不行。你覺得那是廢話，錢包在你的身上，不買就是不買，拒絕付錢又何需甚麼定力呢？謝安琪對著你張開腿瞓在床上，你卻不碰她，那就需要定力了。

約簽了，你放下心頭大石。你昨晚在歸家的途中立下了目標，希望花兩三個月時間，改變自己的外形，以強壯的身軀，追求阿純，向阿純表白，希望健身可以大大增加自己成功的機會。

「你唔使理佢哋啲女仔㗎，雖然佢哋把口衰啲，不過都係講吓笑啫。」

「你係瘦咗少少，不過都幾得意吖。」

「不如我哋交換 WhatsApp，Keep in Touch 啦！」

昨晚阿純在巴士站跟你說的話不多，但這一刻她的聲音彷彿還繞樑在耳。當然，她的話刻骨銘心的主要原因是，你根本沒有在街上單獨和女性朋友說過話，何況是這麼主動的女生。

「莫生，咁你平時有無舉開嘢？」那個女 Sales 繼續向你問道，你還是沉醉於阿純的白日夢中。

「莫生！」

「莫生！」

「係，Sorry 我頭先諗緊嘢⋯⋯我⋯⋯間中都有舉，我做 IT，通常喺公司舉開機箱。」

「咁即係無啦，咁就啱喇，我介紹個私人健身教練畀你識，呢位係 Gabriel。」

　　你沒有留神，原來一位六呎高，身形健碩的職員早站在自己的旁邊。

「莫生你好，我叫 Gabriel，唔使緊張，我唔係 Sales，我係

嚟保護你。」

　　我唔係請緊 G4，唔使保鑣喎，你心想。

「我係嚟保護你免受傷害，健身嘅過程之中無國際認可嘅教練陪住，係會影響肌肉嘅健康發展，嗱，我而家送啲免費嘢畀你，等你唔使練習都感受到健身嘅成果。」

「吓？唔使練都有？」

「無錯。」說完，Gabriel 捉著你的手，用力把你的手伸進他的 T-shirt 內。

「呢兩舊胸肌就係成果，Can you feel the muscles？」他用力把你的手壓在他的胸上。

「感……感受到……」你答得尷尬，因為莫說是胸肌，你連他的乳頭也感受到了。

「點樣先練到咁嘅乳頭……呀唔係……點樣先練到咁嘅胸肌？」

你雖然緊張得把胸肌說錯成乳頭，但 Gabriel 還是認真地由淺入深向你解答。然後，當然，他還向你介紹一年五十二堂盛惠三萬一千二的 Plan，你明知那是消費高昂的支出，你明知你要碌卡才負擔得起，但為了阿純，你竟然認真地在考慮。

「唔好諗喇，人生，其實係一支朱古力百力滋，無人會鍾意淡而無味嘅尾段，趁後生，緊係要操 Fit 啲，唔通臨老先嚟操？」

「其實唔貴㗎喎，無錢咪碌住卡先，慢慢再儲返囉，無錢係一時，但大隻就一世。」

愈聽愈覺得 Gabriel 講得有道理，你為了三個月後的阿純，可以感受到你舊胸肌，你為了三個月後的阿純，可以分享到你枝百力滋，你決定跟 Gabriel 簽下私人教練合約。

連整電話 Mon 的錢也不捨得花的你，這天，你竟然碌了三萬六千元，這是 Sales 的實力，也可能是愛情的魔力。

第二天放工後，就是你在 All-in Fitness 第一次正式登場的日子，你帶齊在花園街買的運動 T-shirt 短褲，嚴陣以待。

在更衣室換完衫，你忍不住拉著教練 Gabriel 一起對鏡自拍，再把合照上載至 Facebook。你想向所有人公告，你已經不再是一個毒撚，而是一個擁有私人教練的健身愛好者。

你英文不好，記錯了 Work Out 跟 Make Out 是一樣意思，你在 Facebook 與教練搭晒膊頭的合照上打了句：「Time to make out crazily！」，卻不知道其含意是「是時候瘋狂親熱了！」。

Gabriel 帶你來到一部胸部推舉的器械前面，然後叫你坐上去。他向你簡單介紹了機械的操作，然後輔助你開始做機。你覺得 Gabriel 很合你心意，因為率先鍛鍊起厚實的胸膛，絕對會容易讓女人覺得有安全感。

你做了半 Set 動作後，Gabriel 把你叫停：「原來我而家先發覺你生得唔係咁高，有無諗過增高？」

廿七歲都仲有得高？

「我話你有得生高就呃九你，但我可以幫你增高你嘅 Visual Height！」

「吓？乜嘢 Hi 話？」

「Visual Height，即係視覺高度，好似 G-Dragon、郭富城呢啲，就明顯有操開，佢哋可能 165 cm 都唔夠，但望上去起碼 180 cm，就係因為佢哋 Visual Height 夠高。」

　　Gabriel 說完，你又覺得好像不無道理，佢哋兩個都係要女有女，韓貨又有國貨又有，不會有女嫌他們生得矮。

「其實做機主要都係幫你個身軀向橫發展，如果想睇落去生得高啲，一定要做全身嘅伸展運動，最快係玩 Kickboxing。」

「咁你又嗱呀 Gabriel，咁我哋不如轉玩 Kickboxing 啦。」

「唔好意思呀莫生，你個 Plan 淨係包做機，無包 Kickboxing 㗎喎。但係 Kickboxing 如果同我簽一百堂，我可以畀個最新優惠你，除返開每堂唔使八百蚊，兩個月操一百堂，包你操完之後睇落去高過郭富城。」

　　又要簽？一百堂乘八百，即是八千？不，是八萬才對，又簽八萬？你左計右計，怎計還是很貴，那是你半年的人工。

你腦海一片空白，難以有邏輯地思考。騷擾著你的，還有附近那些肌肉男健身時發力的啊噢啊噢啊噢的呻吟聲。

「你睇吓嗰邊個師奶，佢生 Cancer 都同我哋買咗二百堂，你無病無痛唔係一百堂都頂唔順嘛？」

你未懂反駁，他又再道：「唔夠錢咪碌多幾張卡，慢慢還囉，又唔會破產嘅。有啲人就人格破產，你呢啲呢就叫外表破產，我幫你操，就等於將你外表嘅債務重組。」

外表的債務重組，當然好，但還是太貴，你說你需要考慮少少時間。

「嗱，聽日我仲有 Schedule 可以幫你操 Kickboxing，你而家唔簽就 Full 㗎喇，又有排等㗎喇。」

一個「等」字，觸及你的痛處。錢可以慢慢還、分期還，但媾女來說，阿純卻不能分期媾，先媾她的左手，再媾她旳右腳。

你已等了二十七年了，不能再等了。

你滴著汗，跟 Gabriel 走到待客處，從銀包多拿出四張信用卡，再多簽了一百堂的 Kickboxing。屈指一算，兩日來，你已簽了十萬多元，搞了一輪簽約的文件和手續，Gabriel 說夠鐘落堂了，第一堂，你只做了半 Set 的推胸動作。

好貴，好肉赤。但離開時，當你打開手機看到 Facebook 上，有人在你剛拍的照片上給了一個 Like，而且還是阿純，你咧嘴而笑了。用十萬元來健身，原來是抵嘅的。

世人覺得自己幾不智都好，你不會理會他人的目光。因為他們不知道，每個簽咗十萬蚊健身會籍的男人，心中都會有一個阿純。

· · · · ·

「莫生，唔好意思呀，係呀，佐敦分店已經結束營業㗎喇。」

從新聞上看到 All-in Fitness 佐敦分店突然執笠的消息，你起初不相信，直至你打電話去其他分店確認，才感到晴天霹靂。

「佐敦執咗，我做 Gym 咪要去其他區？好遠㗎喎，我唔想去

其他區呀。」

「我幫你查過，你個會籍係一年會籍，一年會籍只可以去單一分店，唔可以去其他分店做，份約有寫明。不過你啲私人教練套票，就可以轉移到其他分店繼續用嘅。」

你掛了線，不知所措。如果你再在其他分店申請會籍，又會使多幾萬，但如果你放棄會籍，那八萬元的私人教練套票就完全浪費掉。

你把心一橫，心想，既然使了十萬元，再使多兩三萬重新入會似乎是唯一選擇。

你等不了收工，午飯時間，已飛的落最就近的旺角分店。分店的正門，早就企了六、七個要求退錢的會員。

「新聞話你哋就嚟執晒，我畀咗錢入五年會點算呀？」

「賠錢呀！係你哋啲 Sales 迫我簽咁多㗎！」

一個二個在大吵大鬧，但你是與別不同的，只有你對著接待處女職員冷靜的說：「我係嚟入會㗎⋯⋯」

一下子，所有人靜了下來，以奇異的目光凝視著你。

連女職員也手足無措：「吓……仲入會？公司話我哋連會員都唔收住喇，同埋今日我哋都無 Sales 返工。」

你有私人教練課程套票，但沒有會籍，那怎辦？

「但係……我仲有好多課程套票……」

女職員已懶得答你，嘗試將你打發：「唉，我唔知呀，你打畀你個教練啦！」

你心急如焚，立即企埋一邊，手騰腳震拿出電話打給 Gabriel，你聽到他的聲音，差一點就聲淚俱下：「教練……我好想做 Gym……」

你說的時候聲音也震了，但他沒有被你打動，還打斷你的說話：「咪 X 煩啦，今日開始無返工喇，而家去緊選港男。」說完就 Cut 了線。

一個小時的 Lunch Hour 就這樣過去，你帶著通紅的雙眼回公司。你沒有嘗試掩飾淚光，因為你知道根本沒有人會

留意到你。

　　過多一會，你在座位上想了又想，現在能夠給你意見的，只有同事 Wilson。你只好硬著頭皮，約他到男廁，傾訴心事，把媾女和健身的事和盤托出。

「唉，我知你蠢，但無諗到可以蠢到咁。我都想安慰吓你，但係你知唔知，喺香港地，戇九同弱智係有分別㗎？」

　　你擰頭，不太肯定地輕聲答：「係咪弱智蠢過戇九⋯⋯？」

「唔係呀，係弱智人士好多人都會關懷佢哋，但係戇九仔就無人可憐呀！」

　　聽完，你覺得你找錯人安慰自己，你的眼淚又不自覺地流出來。

「既然你有畀十萬蚊嘅勇氣，點解無直接約人出街嘅勇氣？你同阿純講返件事，可能佢會好感動呢。」

○　○　○　○　○

「阿純，聽晚唔知你有無時間呢？悶悶地，想搵人食飯。」

　　你聽到 Wilson 的意見，收工前，發了 WhatsApp 給阿純。這是哪裡來的膽子和自信，你也不清楚。可能是被呃了十幾萬，錢輸了，輸到連紅塵也看破了。

　　你本以為，她會已讀不回，或者亂找藉口婉拒你。但不夠三十秒，你收到她的回覆。

「好呀，我一直都想搵你呀，我哋聽晚見啦。」

　　你還在哭，但今次的淚水，卻充滿著歡欣。你感觸得立即在 Facebook 上宣洩自己的情感。

「有一種愛情，叫相逢恨晚。男孩子跟女孩子，沒有走在一起，可能是因為他們的緣分，像兩條各走各路的平行線。但人生的道路，是崎嶇的，是不平的，平行線也會有偏移的一天，只要一個機會，兩條線，兩個人，男孩子，女孩子，就會交錯，就會交集，就會相遇，邂逅的光合作用，就會為愛情的果實，曖昧地播種和發芽。」

　　你記得有智者說過，逗號就像精蟲，一兩粒，就能為文

章點出生命；但太多的逗號，就變成太多的精蟲，文章看上去，就似是別人打飛機後的一灘漿糊。

今天你忘記了這番充滿智慧的訓言，忘形得在 Facebook 打了篇逗號文學，但你覺得好治癒，治癒得你差一點忘記了自己才剛爭人十九幾萬蚊卡數。

生命中最重要的一晚終於來臨。星期六晚，你穿了三年前買來見工的 G2000 恤衫，腳踏中學畢業後還未爛的 Dr. Martens 黑色皮鞋，一身盛裝跟阿純約會。

這個約會，最令你驚喜的是，阿純竟然提議去吃麥當勞。如此簡單樸素的女人，實在難得。First Date 竟然不介意平庸的晚餐，沒有壽司，不用韓菜，只想跟你一起過。這種女人，真的好 Pure、好 True、好傻豬。你未見到她，已興奮得心如鹿撞，你有預感，今晚你可以牽著她的手。

八點鐘，你準時到了尖沙嘴的麥當勞，她比你更早到，早就找了一個較靜的角落坐定定等你。

光線充足底下，你看清了她的面容。今天的她，比起那個晚上，雙眼更精神動人，笑容更加真摯。她看見了你，即

熱情地向你揮著手，你露出了傻癡癡的笑容。

　　她似乎是個勤奮的女孩子，星期六亦要 OT，但你偏偏愛她一身 OL 打扮，貼身的直間恤衫，緊身的黑色半身裙，還有你喜歡的黑絲。

「阿純你想食咩？幫你買埋？」

　　你展現了完美的紳士風度，幫她捧了兩個至尊漢堡餐回來，還慷慨地把餐加大了。

「阿純呀，你話你一直都想搵我，係咪真㗎？」你後悔做主動破冰的一個，因為害羞得臉也通紅了。

　　但美好的是，她的回應也很主動：「真係㗎，我好想見你呀⋯⋯」

　　這一刻，世界彷彿凝住了。你腦海一片空白，眼中，只有枱面上你的右手，和她的左手。天注定這個 Moment，你要拖著她的手了。

　　你把手伸前多三吋的同時，她卻把手收了。她把手伸進

自己的手袋，拿了一本 Catalog 和一張卡片出來。

「我見你個樣好好人，所以想介紹公司嘅投資計劃畀你，其實我係黃金投資顧問⋯⋯」

　　她未說完，你的心已寒了一寒，黃金投資，不就是倫敦金的 Sales 嗎？

「其實呢排嘅金價已經到咗近期嘅低位，而家參加我哋公司嘅投資計劃成本低好多，係入市嘅好機會⋯⋯」

　　從 K 房相識那晚開始，她已經打了你的主意嗎？她想見你，就是叫你買金嗎？

　　你一直戀上的女孩子，一直打算為她奮鬥的女孩子，只是想從你身上賺取 Commission 嗎？你就是為了她，被健身中心騙去了十幾萬嗎？

「其實唔係付出好多㗎咋，十萬蚊，放十萬蚊落嚟，個回報已經可以好理想㗎喇！」

「理想？你就想呀臭西！」

今次，你有膽量，揸緊拳頭，高聲地喝罵了出來。

收銀員停止了找續，拿著散銀凝望著你，後面的情侶，放慢了咀嚼，牆角那個露宿者，被你驚醒了。

「付出……你知唔知我付出咗幾 X 多呀？」

你的確有資格說這句說話，付出了十萬蚊，只做了半 Set 動作，大腿筋也沒有拉過。

阿純不懂回答，嚇得目定口呆，花容失色，手忙腳亂地準備拿起手袋落荒而逃。

你不放過她，扯著她的手臂再大聲道：「唔怪得你話嚟麥當勞啦，夜晚嘅麥當勞，最多係乜嘢呀？就係乞衣、露宿者同埋你呢啲臭西 Sales 呀！」

你說完了整句話，才安詳地放開掙扎著的她。

這一夜，男孩子對著的是一張空櫈，一個沒有人吃的至尊漢堡，和一本介紹黃金交易的 Catalog。男孩子喝了一口可樂，咬了一口包，望著落地玻璃窗中，那個孤獨的倒影，淡

然地苦笑了。原來自己心願都算完成了，男孩子也算拖過了女孩子的手。

你姓莫，叫莫直，今年二十七歲，是個毒撚。

《寂寞的二十七歲（健身）》

全文完

情人節的嫖客

向西聞記

情人節的嫖客

男同事亮出電話，跟阿強細聲道：「喂阿強，比啲嘢你睇下！今日情人節一定要用呢個 App，可以即時 Book 爆房酒店，咁今晚同條女就唔使排隊，真係好方便！」

阿強只是一笑置之，因為他知道，無論多方便，也方便不過情人節沒有情人。

六點半準時收工，阿強走上幾乎全幢都是一樓一鳳的舊式住宅大廈。他發現情人節這個晚上，嫖客的人流明顯減少了，事實或許反映到，平常在大廈遊走的雞蟲，其實是有情人的。

阿強在 11 樓 A 室門外拍門，開門的是一位年輕的北姑。阿強問了價，北姑示意四百八十塊。他點了頭，北姑便拉了阿強入房。

「為甚麼今天那麼有空？沒有女朋友嗎？」她在阿強耳邊問完，便親了阿強的臉頰一下。

七警於情人節被判罪成，連監獄裡的同志們都將有七個精壯的新情人了，但阿強自己的感情生活在現在和可預期的未來，也肯定是空白。

他禮貌地微笑，撐了一下頭：「全世界今天好像只有我有空啊，就連平常我找的 PTGF，今天說要陪真正的男朋友了，可笑嗎？」

「PTGF？」北姑問道。

阿強不想解釋太多，只笑而不語。

北姑在浴室幫阿強擦著背，「為甚麼情人節今天不約人啊？你沒有心上人嗎？沒有心中的女神嗎？」

「女神」一詞，原來氾濫到連北姑也懂了。無疑「女神」是一種稱謂通脹，是審美眼光的量化寬鬆，一個二個也是女神的時候，「神」這個字已沒有意義。

「你為甚麼那麼好奇？你很想過情人節嗎？」阿強反問她。

她竟然點了點頭，然後道：「我們出去吃飯，過情人節吧！」

事實上，阿強沒有為情人節的孤獨感到過特別傷感，因為反正平常的日子也習慣了沒有人愛自己。究竟已有多少年

沒有過真正的情人節？阿強好像忘記了。

對於阿強來說，情人節可說是單身人士的另類宵禁——熱戀中的情侶在街上卿卿我我的場面、女士之間在擠迫的車廂內炫耀花束大小的軍備競賽、向貧窮男人趁火打劫的晚餐最低消費，的確沒有一樣東西會令單身人士想留戀在街上。

但這個晚上，單身的阿強，竟然和第一次見面的北姑，吃了一頓情人節西餐，然後漫步海旁，他們披著維多利亞港的海風時，忽然牽著了手。

走著走著，阿強看見一位小販阿姨在路口賣玫瑰花，索價一枝八十元。他竟跑過去買了枝紅玫瑰，來送贈她。

收到花的她，輕輕向花聞了聞，笑得開懷：「謝謝你！但我也差不多了，我要回去工作了。」

吃完飯就做愛，從來都是情人節的壓軸環節，正如清明節不能只上山但不燒衣。

如果阿強要求一起回到一樓一的房間，是很合情理的事，卻又好像欠缺了一點情侶間的應有的浪漫。

阿強想了一想，立刻按了按電話，使用了一個叫 247checkin 的訂房網，即時預訂了尖沙咀一間較有情調的時鐘酒店。

阿強捉緊了她的手，茫然地說：「如果我有多一間房，你會唔會同我一齊走？」

她沒有拒絕。

在時鐘酒店的床上，那一小時，過得飛快，完事後阿強抱著她睡著了。

在矇矓裡，阿強被她輕輕吻醒：「我要走了，情人節快樂。」

她穿上高跟鞋，站起來，拉開房門，她頂著半開了的門邊，轉身默然地望著阿強。在床上赤裸上身的阿強，點起了煙，也情深地望著她的一雙眼。那對望長達四十二秒，這是因為她的不捨，還是因為自己的心動？

時間一分一秒過，他們也觀察到，對方的嘴巴有些微妙的震動，仿佛有些真心話忍不住要說出來。

他們想搶先對方一步，可能是緣份的安排，又或許是心有靈犀，他們最後同時間開口。

「我有啲鍾意咗你！」阿強說。

「四百八十塊，你還未給啊！」她說。

　　寂靜的房間令這局面更尷尬，這一刻阿強反而想隔壁有一些呻吟聲可緩和一下氣氛。

　　阿強默然地從銀包拿出五百元，她接過手上，找了二十元，便轉身離去。阿強只看著她的背影，沒有再說半句話。

　　一場自以為發生了的愛情，其實沒有發生過，這會令人有點傷感，但不能算是失戀，阿強這樣對自己說。

　　還有半個小時才交房，阿強弄熄了煙蒂，獨個兒躺在床上，他撿起了枕頭，大力掩著自己的臉和耳。他不想聽到隔壁的呻吟聲，也不想聽到自己的哭聲。

《情人節的嫖客》

全文完

都市異聞錄
一條女
有催淚彈味

向西聞記

都市異聞錄
── 條女有催淚彈味

「你今晚得唔得閒⋯⋯要唔要真普選?你想要嘅話,我可以嚟你屋企⋯⋯」

　　這句看上去有點莫名其妙和不合邏輯的短訊,Zachery 每次收到時,總是不禁深呼吸一口氣,望著電話一瞬間黯然神傷。

　　金鐘早已清場,夏愨道不留自己的足跡。但 2014 年 11 月那個初冬夜晚,他遇上那位難以置信的人,到了那個不可思議的角落,幹著那些荒唐無稽的事情,他沒法忘記。

「喂,Angie 你有無姊妹同你一樣咁正先?我間 Model 公司好渴人,大把 Job!係唔夠女!」

　　每個週末 Zachery 都是蘭桂坊的常客,那個晚上也不例外。他在夜店內亮出一張 Z Entertainment Group 的公司卡片,坐在旁邊的 Angie 接過了卡片,眼睛掃了掃。

　　她看到卡片寫有 Zachery Lee 的名字,Title 是 CEO,便兩眼發光甜笑道:「我一陣仲有 Friend 會過嚟 Join 我㗎,係咪真係有 Job 介紹先?」

「傻豬嚟嘅，叫啲同事分配下自然有 Job 畀你哋啦，我係老闆嘛！」

「係咪真㗎？」Angie 表情疑惑，卻難掩興奮心情，伸手挽著 Zachery 的手臂。

　　跟 Zachery 同行 Clubbing 的，是位同性友人阿文。阿文似乎不滿 Zachery 得逞，見狀即忍不住反了一下白眼，因為他知道 Zachery 不是甚麼老闆，Z Entertainment Group 也只是間虛構的公司，Zachery 當然也不是 CEO。

　　老蘭各大場閒閒地開張枱都幾千，普通打工仔花錢落老蘭，當然想手到拿來，不花冤枉錢。而偽造身份就是 Zachery 的手段，每次夜蒲他都袋定幾張卡片傍身。這身份不難令發明星夢或想跟有錢人埋堆的女性主動上釣，他明知自己受到朋友的質疑或白眼，但他問心無愧。

　　夜店內的女子，不是整容，就是把幾個 Pad 和 Nude Bra 往上衣內猛塞。如果那個場的女跳舞跳得狂野些少的話，大家不難在舞池踩到幾個跌出來的缽仔糕，這又何嘗不是欺詐的手段呢？

偽裝從來都是夜場內協助溝通的橋樑，老蘭不存在聖人，千萬別以為女人會愛上你的道德光環。

○　○　○　○　○

「嗱，嚟緊我哋公司有份投資套電影，係套情慾驚慄片嚟，演員好多都會係我哋公司啲 Artists。其實啲卡士都定得七七八八，只係爭個又 Sexy 又可以演繹得夠放嘅新面孔⋯⋯你有無興趣同我試試戲？」

　　飲了幾杯香檳，又再加幾 Shots Jager Bomb，Zachery 意識開始變得輕浮，打算放肆地把手放在旁邊 Angie 的大腿上游掃。未出手，她卻突然站起來，原來 Angie 那個所謂的姊妹剛到，兩個高興得擁作一團。

「呢個係我好姊妹嚟㗎，啱啱喺英國返嚟放假。雖然好多人都識佢，但係唔好比佢嘅身份呃到，佢其實好想入娛樂圈，好想做 Model 㗎！」Angie 向 Zachery 介紹她的好姊妹。

　　昏暗的燈光下，Zachery 隱約看到的是一個濃妝艷抹，五觀絕不標青的女生。一頭 All Back 長髮再加白色 Low Cut 連身裙，只屬一般港女在老蘭狩獵洋腸的典型打扮，沒有

甚麼睇頭，識得扑一定扑 Angie，呢條女可以留返畀阿文，
Zachery 心想。

　　本來只是感到單純的失望，但數秒過後，Zachery 才意
識到氣氛之詭異。他察覺到坐在一旁的阿文，眉頭皺成一團，
撞了邪般，目不轉睛地盯著這位剛來的女生。Zachery 不明
所以，唯有再次向這位女生打量。

　　今次在場內 LED 螢幕不斷閃動的燈影相互交錯下，
Zachery 終開始發覺她有種說不出的面善。他再看多幾眼，
才發現她凶光畢露的陰鶩眼神，咄咄逼人的浮突顴骨，是極
度的似曾相識。

　　他又再想深一層，如果面前的女生真是她的話，那未免
太不可思議。無數市民在金鐘以一人一帳篷的姿態長期抗爭，
高叫佢老豆下台的口號，在這四、五十日內幾乎片刻也未停
頓過，她竟然斗膽在距離夏慤道十五分鐘步行路程的蘭桂坊
夜蒲？

　　可是，心跳加速和手心冒汗的生理反應告訴 Zachery，
面前的景象是真實的，他不可能認錯人。

「聽 Angie 講你係開 Model Agency，仲話嚟緊想搵好多 Model，所以我過嚟搵你⋯⋯希望即刻有得 Casting。」

每次女生主動提起自己的 Model 公司，Zachery 總是滔滔不絕口若懸河，吹得天花亂墜。

但面對著她，這是頭一趟 Zachery 緊張得答非所問：「請問你阿爸係咪⋯⋯」

「唔使理我阿爸，我想入娛樂圈佢唔會反對我，佢話宗教界、體育界無經濟貢獻，無話過娛樂圈無貢獻。」

旁邊的 Angie 大力點頭，連忙和應：「係呀，入娛樂圈邊有問題啫！Zachery 呀，你咪話想搵個 Sexy 啲嘅女仔嘅，佢都唔錯呀，你睇下佢條腰同個籮柚幾正！」Angie 邊說邊調皮地輕輕拍她姊妹的屁股兩下。

本來這個玩笑沒有甚麼特別，但驚魂未定的 Zachery 更加驚訝，原來佢老豆咁仆街都好，生個女出來還是有屎忽的，所謂的詛咒一點也不靈驗。

「係呢，Zachery，見你係 Model 公司老闆，我諗你睇人好準，

你覺得我啱唔啱入行？」她突然向自己拋出這個直接的問題。

「唔……其實做呢行最緊要夠出位，你言行咁高調，呢行真係幾啱你……」

Zachery 盯著她的連身裙和頸上的項鏈，似乎正如她所言，她一身配搭，都是用納稅人的錢來買。

「我都知我夠出位㗎喇……哈哈！」她聽不出 Zachery 的諷刺沾沾自喜起來，笑完後又再自言自語：「出位就係出位！但係我老豆最驚我上網亂咁講嘢呀，你估網絡 23 條係用嚟管你哋呀？錯喇！係用嚟管我㗎！」

在權貴面前，Zachery 像是受到無形的壓力，只好機械式的陪笑。由於氣氛太不對勁，他打算借尿遁，擺脫這個奇怪的夜晚跟這些奇怪的人。

當他一站起來，卻被她熱情地扯著手臂。

「咦！咁快走？又話會同我 Casting 嘅？喂不如唔好飲嘢啦，你同我出去行下，畀你睇下我係幾咁啱撈娛樂圈啦！」

Zachery 很想推卻，但又不知如何開口。

「嚟啦，你驚我帶你去禮賓府咩！」

。。。。。

神推鬼㨫下，他最終沒有屙尿，而是被她強行拉走。
Zachery 無奈地向著梳化回眸，那裡只留下 Angie 和望著自
己淫笑的阿文。

其實 Zachery 也不知道她想到哪裡去，離開夜店後，就
是跟著她從斜坡往下走。半夜兩點的中環，街頭處處依然熱
鬧。

腳步浮浮的 Zachery 走了不久便被她拉來到畢打街遮打
道交界，走得氣也喘了起來：「唔使咁急嘅，可以再約第二日
Casting 㗎喎……」

「就今日啦，我想畀你睇下我係幾有 Passion！」

「乜你真係咁想入娛樂圈咩？」

「唔係我想唔想入娛圈，而係娛圈好需要我，講真，一定好多電視台爭住請我㗎喎，邊個台請我，邊個台就續到牌啦，續唔續牌我老豆話事㗎嘛，Right？」她似乎說得不無道理。

「如果我老豆日日出現喺報紙 A1，我日日就喺 C1，係咪好 Amazing、好 Entertaining 先？」

Zachery 來不及反應，她還是眉飛色舞說個不停：「稱霸黑白兩道，縱橫政界娛圈，有邊一家人可以咁勁？」

大佬呀，你唔好咁癲線啦，Zachery 無奈地低下頭，默不作聲，他開始後悔自己扮開 Model 公司造假卡片的決定。

平常扮有 Job 介紹給女生，爆完房，電話關了，便一了百了。但面前這位瘋狂迷戀娛樂事業的女生，佢老豆要黑社會有黑社會，要警察有警察，又怎可得罪？

他似乎不可能對她敷衍了事，更不可能告訴她那間 Model 公司根本不存在。

。。。。。

「喂，再向前行就係金鐘喇，喺度大把人認得你，你唔怕咩？不如走啦！」

　　Zachery 建議她及早離開，奢望她放過自己一馬，但她彷彿早有準備，突然從她的粉紅色手袋中，取出一個「V 煞」面具，純熟地把橡根拉鬆，綁在面上。

「我成日都咁樣落嚟㗎啦，唔怕喎，仲好刺激！」

「你老豆畀你咁樣落嚟咩？」Zachery 驚訝得瞠大雙眼。

「畀呀，點解唔畀？一家五口一齊落嚟都試過！我老豆都唔知玩得幾開心，一路帶住個面具，一路同啲市民一齊叫我要真普選，一路叫一路忍唔住冷笑……最開心係有一次，見到有堆人無端端引領成個場嘅人一齊小組討論，佢笑到收唔到聲呀哈哈哈。」

　　她笑完後，突然頓了頓，一臉感觸地說：「不過有時佢都好感性，有次落嚟，佢眼濕濕話原來十幾年都未試過一家人齊齊整整咁一齊去嘉年華會玩。」

　　說著說著，二人已差不多走到上夏愨道天橋。視線範圍

內已是愈來愈多的帳篷和佔領者，石壆欄杆貼滿標語橫額，甚至乎有佢老豆張相。

她看著自己老豆被惡搞的海報，有感而發：「我老豆成人界人鬧，我諗佢都唔想，佢背後嗰班所謂智囊無乜用，剩係識陰佢，我老豆平時叫佢哋做陰囊。」

。　。　。　。　。

「點呀？你其實想去邊呀？」漫步天橋上的他有點不耐煩。

「到喇，就係呢個帳篷喇！入嚟啦，無人㗎⋯⋯」

Zachery 被她拉停在一個帳篷前，本身 Zachery 對於孤男寡女共處一個帳篷這件事好應該有所戒備，但由於事情太過出奇，他卻放下了警覺性。

「你同你老豆連帳篷都拎埋㗎？」

「早幾日落雨我哋個帳篷濕晒我哋掉咗啦，呢個帳篷係林鄭上次用完㗎。」

Zachery 彎下腰，跟她鑽進帳篷裡去。夏愨道暈黃的街燈，斜斜的披灑在帳篷上，燈光柔柔的穿過帆布。人影昏暗，但 Zachery 看得出她在帳篷內已脫去面罩，而且面對面凝視著自己，目不轉睛。

「一個唔應該出現嘅人，出現喺唔應該出現嘅地方，做唔應該做嘅事，你唔覺得我好 Dramatic 好 Sexy 㗎咩？我好豁得出去！呢個就係我嘅 Passion！」

Zachery 尷尬得支吾以對：「係好 Dramatic……咁你的確又唔應該嚟示威嘅……」

「我唔係講緊示威……我講緊係喺呢個 Camp 裡面，我準備同你做嘅事……」

語畢，她竟迅速地把連身裙向上掀，把之脫掉，扔在一邊，然後捉實 Zachery 的手掌，大力伸向自己的胸部。

「畀你驗下我個胸，貨真價實，我屋企有僭建啫，但係我無！」

「唔好咁啦，我無話要驗胸呀……」

Zachery 想把手縮回，但卻被她牢牢捉實，手指完全陷入她胸部的脂肪中。

「入娛樂圈嘅潛規則我明喎，唔緊要喎，揸我啦！揸我啦！」

Zachery 勉強地揸了幾下，可是這不足以滿足她，她突然向著自己爬過來，把自己壓在地上。她的軀體幾乎沒有一时不緊緊貼合著 Zachery，女人向自己主動獻身，Zachery 當然有經驗，但在這種不情願的狼狽情況下進行，還是頭一次。

事情已經覆水難收，無法阻止，Zachery 可以做的，就是樂觀一點看，豬肉都係肉，好過去自瀆，臭西都係西，蒙眼執返劑。

金鐘夏慤道天橋是香港首條高架行車天橋，或許他也可以成為香港首個在行車天橋上做愛的人。

Zachery 知道，有一部份人常說要「以愛與和平佔領中環」，他們口中所謂的愛得個講字，只有 Zachery 一個身體力行，在這裡做起愛來。

可惜事情沒有那麼簡單，他低估了面前的困局，她的臉

頰幾乎近緊貼著 Zachery，距離他的雙眼不足十公分。電光火石之間，她已捉緊 Zachery 的雙臂，狠狠地熱情的吻下來，他用力合起雙眼，把嘴閉緊，無助的掙扎著。

他掙扎，是因為在極近距離之下，在微弱燈光之中，Zachery 看到的不是她，而是他的父親。

在朦朦朧朧的環境中，他們的輪廓，極度相似，這舉動，像跟他父親熱情激吻著無異。

「唔好咁啦……」

他幾乎難以喘息，只好繼續勉強地反抗著。Zachery 以為成功把她的臉撥開，原來她只是把頭移得更低，她熟練地剝開了 Zachery 胸前的兩粒恤衫紐扣，然後激動地伸出舌頭，猛力的在 Zachery 胸膛上轉動，她舌尖的位置，不偏不倚，不左不右，只在兩塊胸肌之間的位置游走，她似乎跟他老豆一樣，最喜歡中央。

Zachery 只顧牢牢閉緊雙眼，不敢留意過程，只祈求這晚的惡夢快些完結。

突然，他感受不到她濕漉漉的舌頭，帳篷好像已經回復寧靜。他偷偷張開半隻眼偷看時，卻赫然發覺她已脫光內衣。

她的腰雖幼，但不知是否缺乏運動的關係，上身卻露出下垂而且呈八字形的胸部。

他眼白白看著她主動地把自己的身軀整個擰轉，準備做著類似掌手壓的姿勢。不同的是，做掌手壓時的雙腿是合實，但她的膝蓋微曲而且分得很開，更不斷往後退。

結果，她的私處向著 Zachery 的面部步步進逼，帳篷內的六九姿勢已成定局。

最恐怖的是，六和九中間，夾著一對八字波，當 Zachery 把這三個敏感數字串連起來時，Zachery 又想佢老豆。

「唔好呀……啊……」

Zachery 就這樣被她的私處鎮壓著，他沒有伸出舌頭，甚至不敢用力嗅。不知是否心理作用，但他好像感受到周遭的空氣瀰漫著一種刺激的酸味，嗅了幾回，連眼睛也有灼痛感。這種類似在自己眼球前面切洋蔥的體驗，令他連忙搞住

了嘴和鼻，畢竟他還是需要呼吸的，他依然稍微吸了徘徊在帳篷內的空氣。

此刻，他很想瘋狂咳嗽和哭喊，臭西他聞過，但這樣的臭西，可謂聞所未聞。

◦ ◦ ◦ ◦ ◦

九二八 Zachery 不在這裡，但如果要形容這種有力驅散人群的味道的話，他一定會說這是催淚彈味。有催淚彈味的臭西，可能只有佢老豆才有能力繁殖出來。

帳篷的這一邊很沉默，但帳篷的另一端卻很熱鬧。Zachery 的褲頭，已經被她鬆開了。她毫無顧忌地，用盡力向著小 Zachery 吸吮起來。這一刻，他不陶醉，也不享受，因為 Zachery 的腦海中，只有他父親的影像。

面對著這種近似雞姦的感覺，他不能再保持沉默，他決定大聲喊叫來發洩一場，又或者吶喊一聲來制止她。

至於叫甚麼，他卻拿不定主意。他雖還有點酒醉，但他是理智和清醒的，若叫得太大聲太慘烈，附近帳篷的留守者，

會以為他被施襲。就算他真的是被施襲或被強姦都好，這個年頭，報警也會變成被告，所以慘叫是最不智。

但如果叫得太過舒爽，她肯定會繼續下去，永無休止。而旁人聽到聲音，也會知道這個帳篷正在發生甚麼一回事。

被勇武派發現還好，但若被左膠發現，Zachery 肯定會被他們圍著指罵，說自己捉著人家的女兒來幹，不夠冷靜和克制，「邊個喺度扑嘢就係鬼！」，屆時整條夏慤村也會知道自己在幹著羞恥的事。

那麼在這個佔領地，叫甚麼最合理？當然是「我要真普選」，這句口號無論你在這裡怎樣大叫，也不會有人制止，也不會受到注目，是很平常的一回事。

這個念頭在 Zachery 的腦海中一閃而過後，他急不及待，本能反應地在帳篷內不斷怒吼著，張開口，對著她的胯下，狂叫著「我要真普選」。

「我要真普選！」

「我要真普選！」

「我要真普選！」

　　Zachery 宣洩著心中的不快，但她卻是無動於衷，沒有停止下來。

　　Zachery 還是被蹂躪著，他不斷的叫喊，其他留守在夏慤道的佔領者，很多都未睡，竟也和應起來。

　　「我要真普選！」

　　「我要真普選！」

　　「我要真普選！」

　　外面的聲音此起彼落，彷彿整個金鐘也為帳篷內的自己打氣。他也愈叫愈激動，開始感觸起來，他的呼喊，就像大家的民主訴求一樣，不斷被無視，被欺壓，被強姦……

「我要真普選……」

「我要……真普選……」

他竟開始邊叫邊流起淚來。

那個早上，他獨自在帳篷醒來。他擦擦眼睛，似乎已想不起自己如何完事、如何睡著，只能隱約回憶起她穿起裙子，帶起「Ｖ煞」面具離開時的背影。他安慰自己，那只不過是一場惡夢而已，然後彎下腰，鑽出帳篷。

熠熠的朝陽原來已經照亮了整條夏慤道，他突然想起張曉明說過的一句明言：「太陽照常升起」，沒錯，太陽的確照常升起，但這不代表 Zachery 的生活如常。

此後每隔一兩星期，Zachery 都會接到她的來電。

「考慮成點啫？部戲卡士唔會無我份啩……」

他每次就只能像這樣吞吞吐吐支吾以對：「電影公司嗰邊仲度緊期……有消息會通知你……」

對於她來說，每次得到都只是失望的答案，但為了她最執著的娛樂事業，她還是鍥而不捨地討好 Zachery。「我要真普選」也成為了她的性暗示，她喜歡以近乎發情的聲線問：「咁樣呀……你今晚……要唔要真普選？Your Place？

My Place ？」

　　2015 年了，夏慤道全部行車線早已通車。天橋沒有人，沒有帳篷，幾乎沒有雨傘革命的痕跡，只剩下車水馬龍的場景。

　　可是，那一個夜晚，那一個女人，對於 Zachery 來說，還未成為過去式，閉上雙眼，腦海就會浮現不能磨滅的片段，盡力不去想，鼻子彷彿又會聞到那種永不消逝的氣味。

　　和她有傘有聚？ Zachery 覺得，不必了。

《都市異聞錄 ── 條女有催淚彈味》

全文完

偷渡來港
其實唔難

向西聞記

偷渡來港其實唔難

　　張偉與阿才在福州一個叫萬田的小鎮一起長大，今年已經二十有四，不學無術。兩位的正職都是在一間淘寶上的男裝小店一起負責做包裝，月薪二千。他們也有同樣的兼職，就是在福州老城區去偷外省遊客的錢包和手機，好運的話時薪不止二千。

　　這個晚上，一如以往，下班後他們蹲在老城區的一間陳舊餐館門外，各自捧著一碗六塊錢的蔥油拌麵來慢慢吃，邊尋找獵物，邊談笑風生。

　　不同的是，這晚張偉帶來了一個出人意表的話題：「阿才！我們小時候不是說過很想到香港生活嗎？機會來了！」

「開甚麼玩笑？你有錢搞投資移民嗎？操你媽難道你中了雙色球！！？？」阿才忘形了，一時間喊得大聲，店鋪內全部食客也聽到那個刺耳的「操」字。

「不是……」張偉凝重的看著阿才，同時把說話的聲量收細。

「我在天涯論壇上認識了幾個專門在福州搞偷渡的人，我跟其中一位樓主在電話談了幾句，原來只要幾千塊就可以找個蛇頭安排我們偷渡到香港！」

張偉也明白這的確有點難以置信，所以他早就準備了證據來說服阿才。他小心翼翼地向附近的食客打量，確認附近沒有人偷聽他們的對話後，便攤開了一卷報紙遞給阿才。

「你看這份香港的報紙啊，這個女孩就是經過中介協助偷渡來港，唸了幾年書最後考進了大學唸醫科，現在更拿了香港身份證！你看她那副勝利者的姿態！原來去香港真是他媽的容易！」

阿才大喜，肉緊得在大街大巷上捉著張偉的手，他認定了這就是改變自己一生的機會。

這幾天大陸很流行馬雲說過的一句話：「三十五歲你還窮，活該你窮！」

阿才不想窮，不想三十五歲時還在福州吃蔥油拌麵，他很想到香港，他以為到了香港就可以吃魚翅撈飯。

○ ○ ○ ○ ○

翌日他們向老闆請了假，班也沒有上，直接前往跟那位樓主會面。

樓主的辦公室也位於福州市內，他們二人根據地址，來到了一座簡陋的平房門前，門口的鐵閘上掛著一幅五六呎長，印有維多利亞港作背景的彩色橫額。橫額上印有兩行黑色粗體字的標語：「來港讀書易過作奸犯科，在港工作好過姦淫擄掠」。

雖然門口沒有該公司的門牌，但單看橫額他們知道自己沒有來錯地方，張偉按了按門鈴，很快樓房內便有一位男人出來應門，那個人就是所謂的樓主，即是這裡的負責人，他年約四十，外表粗獷卻又深藏不露，驟眼看有點像姜文，他叫自己做大丁。

大丁安排了他的兩位客人到會議室就坐，然後便跟他們慢慢講解：「親！我們是做實業的，所有人我們也可以成功安排偷渡，絕不遣返，假一賠三！」

有時大陸的假大空式口號的確莫名其妙，阿才不明白偷運人蛇的服務如何假一賠三，阿才難免半信半疑：「我們真的不會被遣返嗎？」

大丁再作解釋：「香港的入境處絕對奈你這些偷渡客不何，到了香港後只要跟著我們的指示，裝作失憶，甚麼也不

記得，沒有身份，沒有戶籍，他們遣返你媽個 B 啊？你不用跟他們說你是大陸出生，你說你們是石頭爆出來就可以了，基於人道立場香港的入境處還是會包容你們，一定會給你們行街紙的，香港人是很有素質的！」

為了令他們更安心，大丁又說：「我們用偽裝的漁船直接從福洲點對點把你們送到香港，比高鐵更直接更安全，總之你們要記得，踏上了香港的土地，你們就是新香港人了啊！」

張偉似乎被說服了，面露悅色，忍不著又問：「到了香港，我是不是可以更改自己的歲數？」

大丁笑著答：「當然可以，假如你今年偷渡了，你便是十四歲！坐一次船就年輕十年啊！」

「那麼我們不用再偷東西了！我要找間學校，在香港好好讀書，我也要當醫生！」阿才的神色充滿著期盼。

作為阿才最好的朋友，張偉當然加以和應：「好！你做醫生！我做律師！遲些你醫死人！我來幫你打官司！」

「好！」二人高興得擊了一下掌。

大丁知道這單生意準備談得成，心情大好，給予他們溫馨提示：「香港甚麼也不欠，只是欠你們這些充滿理想的人！記著你們出發時甚麼也不用帶，記得先問爸媽在香港想買 LV 還是 Gucci 就可以了！」

二人交付了幾千元人民幣的手續費，簽了幾張簡單的手寫文件後，大丁便告知他們的上船時間及蛇頭的手機號碼。

一個星期後的那夜凌晨，張偉及阿才按指示到了福州內港的一個隱蔽碼頭，蛇頭沒有爽約，準時在碼頭等待，十六位偷渡客人齊後，一艘五十多呎長的中型捕漁船便開始靠岸駛近，他們登船後，蛇頭安排他們鑽進了船艙的底層匿藏。

底層的空間不算寬敞，剛好給十多人坐臥著，夜間有著微弱的燈光照明，到了日間，陽光就從船身的木板之間的空隙中照了進來。

按原定計劃，船兩天應該可以抵港，但過了四天，這艘蛇船還在海上漂泊。

雖然船上還有食水及食物供應，但其他偷渡客已開始焦急：「蛇頭呢？為甚麼我們還未到岸？」「我們是不是給公安發現了？」

阿才的觀察力比較強，他也覺得大事不妙：「每天早上，我看見陽光是從船頭的右方照進來的，即是我們似乎是向北行駛，船不太像在開往西南邊的香港⋯⋯」

阿才旁邊一位架著眼鏡的青年人也認同這個不尋常的情況，但他說話的腔調更加不尋常：「大家無謂再騙自己說外面一切是正常，我想大家是時候停一停，面對我們看到的現實。」

他們眾人想到船艙外跟蛇頭搞清楚一切，可是甲板的門已鎖上，蛇頭在門外跟他們說入黑後船就會抵港，他們便馬上被安撫了。

○ ○ ○ ○ ○

過了幾句鐘，船開始慢駛，最終也泊了岸，甲板的門打開了，他們一個一個有秩序地下船⋯⋯

碼頭昏暗，幾乎沒有燈光，但眾人蛇們還是看到蛇頭和他在香港接應的伙伴，每個人也手持著自動步槍等重型軍火，眾人開始放心起來：「太好了！原來我們的人蛇集團火力強勁，萬一我們給香港公安發現了，似乎也有足夠火力駁火！」

　　在岸上，蛇頭告訴眾人，他們公司已經安排了專車載他們到入境處辦手續，蛇頭說完沒多久，有兩輛車便從遠處的山路駛到碼頭。當車駛近到燈火照明到的地方時，他們才察覺到，那兩輛不是普通的車，而是軍用裝甲車。他們當中的一些人不禁大讚人蛇公司的安全配套相當完善，而且他們全部人也未坐過裝甲車，登車時的心情當然也格外興奮。

「原來香港地方也不小，兩三小時還未到市區的入境處呢！」

　　兩架裝甲車行了差不多四個小時才停了下來，天也幾乎準備亮了，幾個持槍的人員把車門打開，把他們一個一個的趕下車。

「這裡不像入境處啊⋯⋯」

　　人蛇們發現自己身處的空曠山谷的中央，開始疑惑起來，氣氛也有點凝重。他們眾人未有機會發問一句，接濟他們的

蛇頭突然用他的步槍向天連發數槍，然後嚴厲的向他們喝道：「你們以後就在這裡幹活！每天工作十八小時便有飯吃！」

接著幾個持槍的人員同時間用槍指嚇著人蛇，再用類似韓文的語言呼喝他們。

這裡不是香港，更不是香港的入境處。這裡是北韓，是北韓定州市以北五十公里的一個採礦場，張偉跟阿才被假冒的偷渡集團帶到北韓，他們現在才發現自己成為了被販賣的人口。

一如大丁所說，他們絕對不會被遣返回大陸。受到北韓軍方的嚴密監視下，他們一直在那個稀土礦場勞役了很多很多年，住的是礦場的地洞，吃的是軍人的廚餘，在那裡他們沒有再做賊，那裡根本沒有東西可以給他們去偷。

這天，他們在一起用手推車把礦石推出礦洞，滴著汗水的阿才向旁邊的張偉問道：「張偉，我們今年幾歲啊？」

「不記得了，我們來的時候是廿四歲還是十四歲啊？」

張偉和阿才其實已經三十五歲，這刻的他們並不怕窮，也不想到香港，他們掛念的只是蔥油拌麵的味道。

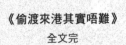

《偷渡來港其實唔難》

全文完

婚宴上
遇上感情生活
失敗的前度

向西聞記

婚宴上遇上
感情生活失敗的前度

　　每年十一、十二月都是婚宴的傳統旺季，大家到了這種年紀，每到這時分，總要出席幾餐不想去的飲宴，碰上幾個不想再見到的人。

　　你留意到鄰桌的座上客，全都是攜眷出席、成雙成對，有幾個更手抱著一、兩歲的可愛小孩，幾個父母交流著育兒心得，互相逗玩著大家的寶貝，有講有笑。

　　這圍枱的客人當中，唯有一個人份外格格不入，獨個兒被冷落，她是 Debbie，跟你已分手了九年的前度女友。

　　Debbie 同時也開始察覺到了你的存在，她眼神閃縮，不斷迴避。你看得穿，她不是因為曾經對你不忠而耿耿於懷，而是她不想讓你看到她感情生活的失敗。

　　你注意著她每一根手指，沒有一隻戴上任何的結婚或訂婚戒指，反而只在手腕上戴上一條 Pandora 手鏈。你暗笑著她，以為買得起這些奢侈品就可以填補自己心靈的空虛嗎？其實她的心境就有如那些虛有其表的玻璃串飾一樣那麼雜亂堆砌，一樣那麼兒戲脆弱。

你記得你曾經在女同事面前把 Pandora 讀成了 Panadol，你被人取笑了好幾個月，你不介意，反正這兩個品牌也是有病才會買。

◦ ◦ ◦ ◦ ◦

八時半有多，所有來賓已就座。一對新人正式進場前，又是例牌先播成長片段。這對新人的片段特別長，不但將整個求婚過程完整輯錄，甚至把在日本拍的 Pre-wedding 相也剪成一段五分鐘的 MV，再加埋本身的成長片段，播了十五分鐘也未播完。

這時你又再次偷望 Debbie，她打了個大呵欠作出無聲抗議。你知道壞心腸的她在想甚麼，Debbie 這個賤女人肯定覺得這位新娘，求婚又要拍片，影 Pre-wedding 又要拍片，甚麼也要搞場大龍鳳。如果他們日後家中有人出殯，這個喜愛做 Show 的新娘，肯定會搵隊攝製隊將破地獄和火化過程早拍晚播。

友人阿良在旁邊問你，為何老是盯著那女人，你笑而不語。

十年前，你在展覽會上當 Part-time Promoter，她是跟你同期入職的同事。一整個月朝夕相對，感情變得要好，隨之結交了一年。一年後的暑假，她換了在另一間公司當 Full-time 員工，很快她連男朋友也換了，她搭上了新公司的同事 Johnny。

分手前，你知道 Debbie 對你只返 Part-time 而有微言，也曾因為你不夠錢去長灘島旅行而改去長洲引致大吵一場。所以你清楚如何對症下藥，將她打動，將她挽留。一整年的感情，是有彎轉的。

「Debbie 你畀多次機會我啦，你想我點改都可以，我可以即刻搵份長工返㗎！」

「對唔住，我同你之間真係有少少厭倦……」

「OK Fine！我夠 X 厭你啦！」

原來你高估了自己說服別人的耐性和技巧，九年前那幾句對話成為你和她之間最後的交流。

後來你從身邊朋友打聽到 Johnny 的月薪也不算高，除

開每小時計，時薪只是比你多三蚊。你萬萬想不到，勢利而短視的她，因為三蚊就背棄了一切的山盟海誓。

那年開始，你覺得女人的心最純潔的時候，是在她們對金錢未有任何概念之時，甚至乎最好是連加減數也未學會的幼稚園階段。可惜這幾年 Playgroup 興起，男人找尋真愛的黃金時間似乎又要再提早了。

○ ○ ○ ○ ○

你從回憶中抽離，返回宴會的現場。一對新人在律師見證下完成了一輪婚禮儀式，然後新郎對著來賓講了幾段預先 Google 好的台詞，新娘也配合地流了幾滴馬尿。

這種情節，男人看了沒有甚麼感覺，但恨嫁的女人，無論看多少次也會看得牙癢癢。

Debbie 已經三十一、二歲了，還未有人肯幫自己埋單，一方面當然心急如焚，但另一方面又要精神分裂般，自欺欺人，要在別人面前裝女強人。

這種女人你見得多，Instagram 上面總會有幾個女性朋

友愛自拍自己去旅行、自己走落街跑步、自己煲湯煮餸，然後再在照片下加句像「單身女子的精彩」類似的 Hashtag。

但事實上，如果有個生得像吳彥祖或古天樂的人，突然走出來媾她們，這時候你覺得她們想要所謂單身女子的精彩，還是想要單身男子的精液呢？

Debbie 肯定會選擇後者。

正當大家以為起得菜的時候，原來最殘忍的環節——掟花球，才開始上演。

新娘子在這個晚上得到的祝福，明明已多得滿瀉了，為何還不自滿，仍想攞多次彩，當眾叫了一堆未嫁得出的籬底橙、賣剩蔗出來示眾鞭屍。

這時你又再看看鄰桌，果然，被幾個已婚的朋友威逼之下，Debbie 不情願地走到台下。她強顏歡笑地跟一堆男女家的表妹堂妹搶花球，你看著她跟那些年紀比她小十年八年的妹妹仔在扮作你推我撞，你不忍心看下去了，尷尬得自己也面紅起來。

她那無奈難堪的表情，肯定是在後悔自己，為何沒有在一千蚊的人情之上，加多一蚊，給一對新人做份帛金，送他們一程。

。。。。。

乳豬、蝦球、蟹鉗、瑤柱脯，菜式還是那些例行公事。意外的是，席間有位素未謀面的年輕女子把紅酒一口乾掉，向你打了個曖昧的眼色。

酒店提供的廉價紅酒味道經通常都像八珍甜醋，你從來對這種「份外香」不感興趣，但你還是展露出應有的紳士風度，慢慢幫她斟酒。

你承認你很好勝，因為你邊倒著酒邊望著遠處的Debbie，以示威般的眼神告訴她，成長了的你，少了一點稚氣，多了幾分歷練，對陌生的異性來說，你已變得有種不言而喻的男人味。

反觀從 Debbie 的臉上，你看到甚麼才是歲月催人老。她從前精緻的瓜子臉，現已擠出若隱若現的雙下巴。本來傳神動人的明亮眼睛，已被浮腫的眼袋奪去眾人的焦點。如果雙

下巴和眼袋加起來的多餘脂肪，能夠割出來讓她隆胸，她絕對可以大一個 Cup 以上。

　　散席時，你覺得 Debbie 或許會主動走到你的面前，打句招呼，然後坦白承認那年她那個錯誤的決定。如果她真的這樣做，你會大方地向她說聲 OK That's fine，往事如煙，以前的事早已忘記了，得閒再飲茶。

　　可惜，她離開時頭也不回，沒有瞄過你一眼。你不服氣，跟著她走出了酒店的宴會廳。而你沒有想過，門外發生的事情，將會打破了你過去三個多小時以來的推論與幻想。

○　○　○　○　○

　　你發現，Debbie 跟一個男人在電梯口擁抱著，似乎是她男朋友專程過來接她回家。你停下了腳步，看著剛才跟她同桌的朋友，也上前熱烈的打招呼：「喂！Debbie、Johnny！下個月到你哋喇喎！」

　　你以為自己看錯了，揉了揉雙眼，跟 Debbie 甜蜜地笑眯眯拖著手的，真的是那個 Johnny。

你心目中的這對狗男女，原來一起走過了九年的歲月。

你無話可說，只垂著頭，沿著賓客們離開的相反方向，返回宴會廳。

阿良看見了你，立即走過來跟你道：「你去咗邊呀？爽手啲，執埋嘢走人啦，經理又鬧㗎喇！」

你默不作聲地清理了枱上的廚餘，收拾了餐具，換了全新的枱布，然後跟其他二十幾個酒店炒散侍應一起，目無表情的排著隊，逐一向酒店經理領取現金二百五十元的薪水。

你把錢袋穩，離開酒店，沿路上你戴著耳機，聽著 Joy Division 的《Love Will Tear Us Apart》。這首經典英倫搖滾歌曲是主音 Ian Curtis 為他崩潰和破裂的婚姻而寫，錄音後的兩個月他更自殺身亡了。

當你每晚工作都被《你的名字我的姓氏》、《明日恩典》、《我們的主題曲》，這些在婚宴上播到爛的陳腔濫調轟炸的時候，你會發覺這首充滿負能量的歌曲，反而更能清淨自己的耳根和心靈。

不知怎的，你竟徒步從紅磡走到了佐敦，六神無主的你，走上了一間你平常不會幫襯的桑拿。

「老細，有無相熟技師？想要後生女定服務好？」

你除下耳機，頓了頓道，「唔⋯⋯我都唔知⋯⋯你有無技師有少少雙下巴同眼袋？」

語畢那一刻，你在桑拿經理面前，莫名其妙地哭了起來。

《婚宴上遇上感情生活失敗的前度》

全文完

東莞零距離

向西聞記

東莞零距離

十萬小姐赴嶺南，百萬嫖客下東莞。
呢兩句說話，相信好多雞蟲都聽過。

但中央自 2013 年大力掃黃開始，
東莞各大小夜場裡面，
小姐人數已大不如前，
嫖客有時彈鐘彈足一晚，
最尾都只係揀到件豬西，
扑起上嚟，
望住對方，只能夠嘆一句：
「這麼近，那麼軟。」

大陸有個流傳嘅故仔，
就係講福建有個中年男人，
大便出現血塊，
去咗間肛腸醫院，
左驗右驗，
結果被醫生檢定為患咗直腸癌。

花咗幾萬蚊，
身體無好轉過，
再轉介到另一間民營醫院，

先發現係胃酸倒流，
影響排便引致出血，
醫生換咗藥畀佢食，
但一樣醫唔好，
每日堆屎都又黑又實。

呢個男人最後無錢醫病，暴斃家中，
經過法醫檢驗，
證實佢係破傷風而死，
因為一直都無人醫佢粒痔瘡。

事實證明，
大陸嘅真相，
係唔死都發現唔到，
無病可以當成有病，
整容又可當成無整容。

我同攝製隊，
今晚決定冒死嚟到東莞嘅厚街，
一探史上最強掃黃風暴後嘅災情真相。

。 。 。 。 。

大家經常所講嘅厚街其實並唔係一條街嚟，
而係一個鎮，全名叫厚街鎮。
30 年前，
廣東省人民政府批准厚街為
珠江三角洲經濟開放區重點工業衛星鎮，
但呢度最出名嘅唔係工廠，
而係酒店、桑拿、骨場、足浴店等色情場所。

如果福克蘭群島上面，
最多嘅唔係企鵝，而係沙；
咁全盛時期既厚街，
最多嘅都唔係雞，而係雞蟲。

厚街鎮面積大約為 125 平方公里，
其實一啲都唔細㗎，
畀啲概念大家，
九龍同香港島加埋啱啱好 120 幾平方公里，
大家可以幻想下，
如果成個港島九龍，
你見到嘅人唔係雞就係雞蟲，
場面係幾咁震撼。

。。。。。

我哋今次喺街上面，
撞到一個「港嫖」，
即係香港嘅嫖客，
佢叫阿恆。

「叫雞都係想放鬆下姐⋯⋯
你知啦，香港地，
好多人都好似我咁住劏房，
同老婆喺床尾扑野，
佢擰轉身就係爐頭，
個死婆一路界我推車，
佢仲一路滾湯睇住個火，
你話我邊度有 Mood 先得㗎⋯⋯
所以先出嚟玩，
但無諗到呢度變到咁靜局⋯⋯」

的而且確，
我同採訪隊幾年前經常嚟做資料搜集嘅酒店，
而家，門口只剩返幾條粗鐵鏈鎖住，
其他相熟嘅桑拿，唔少嘅大門，

向西聞記

J9
東莞零距離

223

都有白色封條交叉成一個大大嘅 X 字，
可以話係重門深鎖，水靜鵝飛。
就似這一區曾經稱得上美滿甲天下，
「曾經」，係最令人惋惜嘅詞語，
暴風過後，
呢度只係剩返一片寂寥。

我哋下一節返嚟繼續。

。 。 。 。 。

蕭條嘅背後，
大家又有無諗過，
究竟掃黃之前，
東莞其實係有幾多雞㗎呢？

原來東莞同香港人口相約，
都係有大約 700 萬人口，
而全盛時期嘅東莞，
性工作者有 30 萬人。

而本港建造業註冊工人亦一樣係 30 萬，

換句話講，
如果全港地盤佬全部同一時間一次過北上叫雞，
佢哋係唔需要排隊嘅。

東莞嘅情色行業，
係一個連鎖產業，
各行各業都同叫雞有關，
呢場暴風雨，
連寵物店都受到牽連。

好多小姐離開東莞之前，
都會放低佢哋喺呢度養嗰隻狗畀寵物店，
然後一去不返，
寵物美容生意少咗好多，
寵物店唯有做下其他外快幫補一下。

店主話，我而家抱住嘅呢隻史納莎，
已經俾人遺棄咗幾個星期，
店主準備會賣佢去廣西玉林，
畀當地市民慶祝狗肉節㗎喇。

嘑，你就畀人劏㗎喇，

吠兩聲同香港觀眾講句遺言啦。
唔出聲唔緊要，
總之，呢度雞同狗都走晒，
名副其實係雞飛狗走。

。。。。。

之前講到，
呢度嘅情色事業，
同各行各業都唇齒相依，
的士司機亦都唔例外。

好似呢位叫陳九嘅司機大佬，
佢就一定比香港司機好客，
因為佢除咗會載客之外，
仲會拉客，
將客人介紹畀相熟嘅酒店經理，
每單佣金可以收到 30 至 100 蚊不等。

但陳九佢而家，
10 點以後基本上搵唔到叫雞嘅客人，
而每晚收入亦由以前嘅五百幾蚊下降到得返二百幾蚊，

僅僅夠的士一日嘅租金。

「以前最多的是香港人，
現在香港人已很少了。」
香港人最鍾意嚟呢度玩，
陳九係無老屈㗎。

2014 年 2 月 9 號，
東莞當局一晚裡面竟派出超過 6000 名公安搜捕掃黃，
而金鐘嘅九二八催淚彈驅散行動，
香港亦只不過係出動咗 7000 名警員。

當晚，
大陸互聯網數據中心嘅新浪官方微博喺 9 點半發佈咗一張「東
莞八小時遷徙圖」，
顯示過去八小時東莞市用戶向外地嘅流向情況，
其中移向香港比例最高，高達 30.2%。

呢個統計原理，
係根據開放用戶私隱嘅大陸手機 Apps 嘅登入位置變化，
從而判定用戶移動情況。

我哋電話訪問過美國生物學家威爾森，

佢話，只涉及雄性動物嘅極短時間大規模遷徙，

係屬極度罕見嘅自然現象，

佢印象中，人類史上係未曾發生過。

但係其實，

要證明香港人鍾意上嚟玩，

又未必要咁多數據嘅，

歌都一早有得唱：

「但我心裡知道男孩像你，北上跟妹妹拍拖。」

下一集返嚟，我哋會轉戰東莞嘅另一個重鎮，常平。

。 。 。 。 。

司機坦白同我哋講，

話今晚厚街呢邊都係無咩嘢玩㗎喇，

佢話常平有幾間桑拿最近開返，

提議我同攝製隊去碰下運氣。

常平距離厚街 45 分鐘車程，

呢個地方，

相信好多香港人都一定唔會陌生，

如果，

你上討論區見到有人話佢去 CP 玩，

佢哋就係講緊常平喇，

並唔係 Collect Point。

呢幾年嚟，

同常平鎮市民最悉悉相關嘅話題，

除咗掃黃行動外，

最熱門嘅就係地陷意外。

因為最近三年以來，

呢度嘅主要路段總共發生過六次地陷，

最嚴重嗰次需要千幾名市民疏散，

不過當局稱所有事故未有造成人命傷亡。

而家鏡頭影住嘅呢個位置，

就係常平大道聯邦大廈對出嘅地面，

吖唔係，

應該叫地底先啱，

大家可以見到，

早前發生塌陷形成嘅大坑，

有近 300 平方米闊，

深近 3 米，
到而家都仲未修葺好，
有人歸咎於豆腐渣馬路工程，
亦有人話係自然意外。

由於大陸係無天理嘅，
或者我哋可以由地理角度探討。

就呢件事，
我哋越洋電話訪問咗，
今年曾發表「下雨地震論」嘅著名台灣藝人
兼地質系專家炎亞綸，
佢似乎有另一番見解。

「東莞以前每一個晚上，
都比現在多幾千人到幾萬人做愛唷，
他們在床上不停的搖，
那些樓宇震動會協助到歐亞版塊慢慢的輕輕的釋放能量，
有一種紓緩作用，
現在做愛的人少了，
這個東南沿海地震帶就變得活躍了起來啊，
自然猛烈地發洩出能量，

地陷意外就多了啊，
男人要打炮，
地殼也要打炮喔，
明白嗎？」

地陷意外，
無論係天災，
定係人禍，
可以肯定嘅係，
東莞呢個「性都」，
正值多難之秋。

如果香港嘅市花係紫荊花，
澳門嘅係蓮花，
咁東莞嘅，
應該就係椰菜花。

2012 年，
廣東省公佈當地性病個案數超過 10 萬宗，
其中梅毒、淋病同椰菜花個案均居全國第一位，
疫情集中喺廣深佛莞等珠三角地區，
但可惜，

近呢幾年，
廣東省已經未必能夠保持到榜首位置。
我哋嘅採訪隊經過常平嘅一間醫院，
訪問到一位泌尿專科醫生，
佢話而家生意淡薄，
擔心院方可能會削減人手，
原來連醫生都會怕失業。

「以前一個桑拿經理，
一天可以帶來二十幾個小姐一起來看病，
她們每一個也有密密麻麻、
紅紅腫腫的粉紅色肉粒、
好不熱鬧。」

好景不常，
而家當地嘅性工作者少咗好多，
剩返嘅，
亦都可能無錢醫病。

「還記得以前有個很漂亮的熟客，
我問她，
愛情跟梅毒有甚麼分別，

她不知道，
我說，
梅毒是一生一世的。」

陳醫生仲話，
生意難做，
有時見到病人生痱滋，
唯有同佢哋講，
佢哋個嘴生咗椰菜花，
希望佢哋返嚟覆診。

香港曾經有一單轟動一時嘅新聞，
報導「兒子生性病母倍感安慰」，
原來呢度嘅醫生，
都一樣咁想人哋生性病。

「真的，
很掛念從前的光景，
現在看到花謝的時候，
難免也有點傷感。」

天有白晝黑夜，

月有陰晴圓缺，
一年有寒暑春秋，
萬物有繁盛衰敗，
我哋懷念，
那些年，
椰菜花開得特別璀璨嘅東莞。

。 。 。 。 。

呢個係阿揚，
佢係一個東莞嘅本地鞋廠工人，
月薪 2000 蚊人民幣，
佢今晚嚟到天鵝湖路呢邊搵地方消遣，
阿揚比好多港人更加光鮮，
因為佢今晚揸住一部 2015 年款嘅寶馬三系四門房車，
而且架車仲要係女朋友買嘅。

「原本風光時我是開保時捷的，
最近不夠錢花才賣掉。」

作為世界工廠嘅東莞，
無論塑膠廠、鞋廠定係皮具廠，

大部份工種都係聘請廉價外省女工居多，
以致男女比例長期失衡。
工廠裡面，
男人有幾個女朋友，
比起有幾部電話，
更加平常。
而阿揚全盛時期嘅女朋友數目，
係足夠應付一條組裝山寨智能電話嘅生產線。

大家可能覺得阿揚外表平平無奇，
毫無時尚感，
但其實香港人同內地人，
從來都有唔同嘅審美眼光，
情況就好似有啲香港藝人，
本來撈極都無人識，
點知轉個頭上大陸，
就撈到風生水氣唔識人。

阿揚搵女朋友嗰陣，
專門向廠內嘅寂寞女工埋手，
結交咗一段時間，
就會提議女工離開工廠，

介紹佢哋到酒店、桑拿或卡拉 OK 工作，
而阿揚大部份嘅女朋友都唔介意，
因為喺東莞呢個聲色犬馬嘅城市，
大家都認同：
「笑貧不笑娼，做雞好過搶」呢個真理。

而當呢啲女朋友搵到錢時，
自自然然就會同阿揚一份錢兩份使，
久而久之，
阿揚嘅廠工只係一份副業，
依靠妓女為生，
先係佢嘅專業，
搵女人，
對於佢嚟講，
已經有自己嘅一套學問。

「錢不夠花的女生最易被我打動，
所以哪一間工廠在虧損，
我便到那間廠工作，
因為那裡的廠妹不準時拿薪水，
就會缺錢；
哪間廠懷疑在騙社保，

我也會到那裡打工，
因為工人一搞甚麼罷工起來，
廠妹又缺錢了！」

呢一啲廠妹，
好多都係青春無敵嘅少艾，
其中有好多都係未經人道嘅處女，
但為咗錢，
佢連自己女朋友嘅處女初夜都會親手賣畀桑拿中心。

「沒辦法，
處女最賺錢，
妓女是世上唯一一種職業是越少經驗越能賺錢的，
而且睡多四個處女、五個處女，
於我無別。」

觀眾可能會有疑問，
處女喎，
自己有得Ｘ，
真係唔Ｘ？

的確，

無人會想食一隻畀人拮穿咗蛋黃嘅荷包蛋，
但當你日日都食荷包蛋嘅時候，
就算有一兩隻拮穿咗，
你已經唔會去惋惜，
更何況，
隻荷包蛋穿咗，
你係會有錢落袋。

「有無試過同一個女仔係真心相愛，
咁你會唔會畀佢出嚟做？」

「也有的，
唯有批准她幹甚麼也可以，
只是不容許她們跟別人接吻。」

見到阿揚咁樣回答，
相信好多觀眾終於明白，
點解大家叫雞嗰陣，
好多時啲雞都唔容許你同佢接吻。
原來，
佢哋嘅嘴唇，
係屬於男朋友嘅，

而陰唇，
先係屬於大家嘅。

揚州市質監局，
最近發布「揚州炒飯」嘅最新官方標準，
如果炒飯都有標準，
或者東莞市亦有需要效法，
制定「莞式桑拿」官方規格，
如果無蝦仁、無雞蛋，
就唔係揚州炒飯，
咁無水床、無毒龍鑽，
都一定唔係莞式桑拿。

桑拿對於男人嚟講，
當然係樂而忘返，
但有幾多人諗過，
你叫雞享受人生時，
做雞嘅，
只係掙扎求生。

呢一晚，
無所事事，

喺霓虹燈招牌下徘徊嘅係青青。

三年前，
青青嫌棄喺鄉下做廚房嘅初戀男朋友窮，
無錢幫青青嘅父親醫病，
於是跟咗同鄉姊妹嚟到東莞，
佢喺常平一做就做咗三年桑拿技師。

桑拿嘅客人預咗莞式服務標準高，
就特別多無理要求，
青青心理上要吞下無數委屈，
肉體上，
佢亦吞咗無數咁多嘅精液、尿液、毛髮、油脂同皮屑。

呢條不歸路，
令佢學懂嘅係，
接受現實，
擁抱恐懼。

「遇上醜男人，
唯有拼命看著他的陽具，
因為醜男人的陽具其實跟帥哥的陽具是差不多的。」

佢試過出街食飯，
被同枱客人認出自己喺桑拿中心做技師，
傾多幾句飲多幾杯，
就俾人強行拉去後巷強暴。
完事後，
佢安慰自己，
同自己講，
平時都出開嚟做，
所以個男人無畀錢只係偷竊，
而唔係強姦。

一連串嘅掃黃行動，
令佢失業，
但呢一場風暴，
反而令佢心境得到久違嘅平靜。

青青開始反思自己係咪應該離開呢個行業，
更加聯絡返初戀男友，
原來佢已經喺鄉下開咗間餐館，
仲游說青青返去同佢一齊開分店。

青青正考慮會否重新出發，

返回原地，
原來掙扎過矛盾過，
兜兜轉轉，
先發現喺東莞走過嘅，
只係人生裡面一個冤枉嘅大圈。

。。。。。

不知不覺，
已經嚟到《東莞零距離》最後一集，
喺咁多集裡面，
我哋訪問過寵物店，
視察過地陷現場，
入過泌尿科醫院，
但係仲有一個地方未去，
就係夜場。

經過一連串嘅明查暗訪，
我哋嘅採訪隊終於喺半夜，
搵到一間重新開業嘅桑拿中心，
由於東莞曾發生過
「中央電視台記者主動打電話舉報賣淫事件」，

所以色情場所一般都對記者有顧忌，
我哋亦只能夠利用偷拍鏡頭進行採訪。

的確，
東莞人仇視傳媒，
尤其央視，
好多百姓都批評呢間電視台，
世界盃要獨家，
奧運會要獨家，
連他媽的東莞掃黃都要獨家。

鏡頭所見，
我哋坐咗喺桑拿中心嘅客房裡面，
等緊經理帶技師入嚟，
畀我哋嘅採訪隊篩選。

經過咗 20 分鐘，
經理只係帶咗兩位技師入房，
大家見到，
如果加工肉食得多會令人患直腸癌，
面前呢兩舊新鮮豬肉，
望多兩眼都一樣會令人生眼癌。

經理示意要等多 15 分鐘，
先會有多一位技師準備上班，
我哋唯有再等，
呢一刻我哋明白到，
原來女同機場跑道一樣，
大家都知道三條點都係好過兩條，
因為如果兩條有問題嘅話，
我哋都仲有第三條。

就喺等待嘅途中，
我哋嘅攝製隊拍攝到驚心動魄嘅一幕。

房間外傳嚟大吵大鬧嘅聲音，
原來，
有位赤裸上身嘅香港嫖客，
喺走廊出面同桑拿經理爭執。

「條女個西臭㗎，
你哋唔知㗎？
臭到咁樣，比賽鬥臭呀？」

因為衛生問題，

我哋無辦法證實呢位嫖客嘅講法，
但如果真係有一個比賽係鬥西臭，
呢個比賽一定係叫：
《中國好腥陰》

「你同我入去食咗條臭西佢呀，
食咗佢呀！」

大家見到，
當時呢位激動嘅嫖客捉住咗經理條頸，
強行推佢入房，
經理一邊安撫同道歉，
一邊抓住房門框掙扎，
一輪糾纏，
嫖客終於願意放手，
自行著衫離開，
走廊剩返低經理，
企喺度獨自垂淚。

從佢嘅眼淚感受到，
迫經理食「今天」同迫官員飲含鉛水一樣，
都係一種屈辱。

「東莞現在的環境就是這樣，
小姐真的不夠，我也不想……」

全國二十二個奶粉牌子都有三聚氰胺，
可以上網但只有百度並無 Google，
股票可以買升但沽空會犯法，
政黨只有一個，
呢度，
係一個無選擇嘅國度。

當你生活喺一個咁嘅國度，
東莞就自然成為大家心靈中，
一個青蔥翠綠嘅森林。

做愛唔係重點，
大家最享受嘅係，
喺百花齊放、滿林爭豔嘅環境裡面，
隨心所欲去揀女，
然後閉上雙眼，
迎著陣陣輕風，
出力聞幾聞、索幾索，
嗰種未被國情污染嘅自由氣息。

但當你發現，
而家嘅常平，
得返幾間桑拿開門，
偷偷摸摸入到嚟，
先知道原來裡面得返幾個豬西喺度苟且偷生嘅時候，
呢個，
已經唔係大家認識嘅東莞，
以前嗰個森林，
早就不再存在。

我唔知道，
各位觀眾會唔會再嚟，
或許他日，
喺寧靜嘅街角上，
偶然刮起嘅一陣清風，
會令大家再次想起嗰個，
只會喺思憶中出現嘅地方。

《東莞零距離》
全文完

"

香港人鍾意
北上去玩
歌都一早有得唱

「但我心裡知道
　男孩像你
　北上跟妹妹拍拖」

向西聞記

點子網上書店
www.ideapublication.com

含忍・死人・
的士佬

壹獄壹世界

援交妹自白

殘忍的偷戀

殘忍的雙戀

成為外星少女
的導遊

成為作家其實唔難

港L完

信姐急救

西諺極落

公屋仔

十八歲留學日記

西營盤

毒舌的藝術

新聞女郎

黑色社會

香港人自作業

爆炸頭的世界

婚姻介紹所

賺錢買維他奶

獨居的我，最近發現
家裡還有別人

精神病人空白日記

設計 Secret

This is Lilian

This is Lilian too

空少傭七暢

有得揀你揀唔揀

隨時選購·最新最齊作品

●《診所低能奇觀》系列

●《Deep Web File》系列

●《天黑莫回頭》系列

●《繪》系列

●《倫敦金》系列

●《詭異日常事件》系列

●《點子電影小說》系列

點子網上書店

www.ideapublication.com

f 點子出版 Idea Publication

Idea_Publication

試閱更多作品·訂閱獨家優惠

HEUNGSAILISM

向西聞記

作者	向西村上春樹
出版總監	余禮禧
助理編輯	陳婉婷
美術設計	王子淇
製作	點子出版
出版	點子出版
地址	荃灣海盛路 11 號 One MidTown 13 樓 20 室
查詢	info@idea-publication.com
印刷	海洋印務有限公司
地址	黃竹坑道 40 號貴寶工業大廈 7 樓 A 室
查詢	2819 5112
發行	泛華發行代理有限公司
地址	將軍澳工業邨駿昌街 7 號 2 樓
查詢	gccd@singtaonewscorp.com
出版日期	2018 年 6 月 18 日（第二版）
國際書碼	978-988-77958-1-0
定價	$88

點子出版
IDEA PUBLICATION

Printed in Hong Kong

所有圖文均有版權·不得翻印或轉載

本書之全部文字及圖片版權均屬點子出版所有，受國際及地區版權法保障，
未經出版人書面同意，以任何形式複製或轉載本書全部或部份內容，均屬違
法。

免責聲明：
本書所有內容與相片均由作者提供，及為其個人意見，
並不完全代表本出版社立場。書刊內容及資料只供參考，讀者需自行評估及
承擔風險，作者及出版社概不負責。

HEUNGSAILISM